THE BEST OF **ИНОСТРАНКА**

AMÉLIE NOTHOMB
Stupeur et tremblements

АМЕЛИ НОТОМБ

Страх и трепет

Роман

Перевод с французского

Натальи Поповой, Игоря Попова

ИЗДАТЕЛЬСТВО ИНОСТРАНКА

Москва, 2006

УДК 821.133.1–312.4Нотомб
ББК 84(4Фра)–44
Н85

*Художественное оформление
и макет А.Бондаренко*

*Издательство благодарит Дмитрия Рагозина
за консультацию по цивилизации Японии.*

Нотомб А.

Н85   Страх и трепет : Роман / Пер. с фр. Н.Поповой, И.Попова. – М. : Иностранка, 2006. – 157 с. (The Best of Иностранка).
ISBN 5–94145–406–6

"Страх и трепет" – самый знаменитый роман бельгийки Амели Нотомб. Он номинировался на Гонкуровскую премию, был удостоен премии Французской академии (Гран-при за лучший роман, 1999) и переведен на десятки языков.
В основе книги – реальный факт авторской биографии: окончив университет, Нотомб год проработала в крупной токийской компании. Амели родилась в Японии и теперь возвращается туда как на долгожданную родину, чтобы остаться навсегда. Но попытки соблюдать японские традиции и обычаи всякий раз приводят к неприятностям и оборачиваются жестокими уроками.
Нотомб заставляет читателя смеяться, пугает и удивляет, а в конце концов выворачивает наизнанку миф о Японии, выстроив сюжет вокруг психологической дуэли двух молодых красивых женщин.

УДК 821.133.1–312.4Нотомб
ББК 84(4Фра)–44

ISBN 5–94145–406–6

Господин Ханэда был начальником господина Омоти, который был начальником господина Сайто, который был начальником Фубуки Мори, которая была моей начальницей. А у меня подчиненных не было.

То же самое можно сказать иначе. Я выполняла приказы Фубуки Мори, которая выполняла приказы господина Сайто и так далее. Правда, приказы могли поступать и непосредственно сверху вниз, минуя иерархические ступени.

Короче, в компании "Юмимото" я подчинялась всем, а мне — никто.

Восьмого января 1990 года лифт выплюнул меня на последнем этаже здания компании "Юмимото". Окно в конце длинного кори-

[6] дора всосало меня, словно разбитый иллюминатор самолета. Далеко, очень далеко внизу лежал город – неузнаваемый, будто я никогда не ступала по его улицам.

Я не сообщила о своем приходе в приемной. Я об этом попросту забыла, потому что меня заворожила пустота, открывавшаяся за окном.

И тут я услышала свое имя, которое за моей спиной произнес чей-то хриплый голос. Я обернулась. И увидела человечка лет пятидесяти — маленького, тщедушного, некрасивого и очень недовольного.

— Почему вы не заявили о себе в приемной? — спросил он.

Сказать мне было нечего. И я ничего не сказала. Опустив голову и плечи, я не без грусти констатировала, что в первые же десять минут своего пребывания в компании "Юмимото", не успев произнести ни единого слова, уже ухитрилась произвести плохое впечатление.

Коротышка сказал, что его зовут господин Сайто. Он повел меня по бесчисленным огромным офисам, где представлял толпам сотрудников, называя их имена, которые тут же вылетали у меня из головы.

Затем он привел меня в кабинет, где восседал его начальник, господин Омоти. Это был свирепый толстяк, и с первого взгляда было ясно, что он — вице-президент компании. Господин Сайто показал мне еще одну дверь и торжественно сообщил, что за ней сидит господин Ханэда, президент. По его тону я поняла, что о встрече с господином Ханэдой не стоит даже мечтать.

Наконец он проводил меня в большущую комнату, где трудилось десятка четыре сотрудников, и показал мне мое рабочее место, напротив моей непосредственной начальницы, Фубуки Мори. Она была на собрании, и мне предстояло с ней встретиться только после полудня.

Господин Сайто без лишних слов представил меня всем сотрудникам, после чего спросил, люблю ли я трудности. Я поняла, что ответить "нет" просто не имею права.

— Да, — ответила я.

Это было первое слово, которое я произнесла в компании "Юмимото". До этой минуты я лишь кивала головой.

"Трудность", которой решил озадачить меня господин Сайто, заключалась в поручении написать от его имени ответ на полученное им приглашение на гольф от некоего Адама Джонсона. Я должна была по-английски сообщить, что господин Сайто принимает это приглашение.

— Кто этот Адам Джонсон? — спросила я по глупости.

Мой начальник вздохнул, дабы выразить свое раздражение, но промолчал. Я не поняла, то ли стыдно не знать, кто такой господин Джонсон, то ли мой вопрос неприличен. Я так никогда и не узнала, кто же был этот Адам Джонсон.

Задание показалось мне довольно легким. Я села и написала сердечное письмо: господин Сайто с удовольствием приедет в ближайшее воскресенье на гольф к господину Джонсону и шлет ему дружеский привет. Готовое письмо я отнесла своему начальнику.

Господин Сайто взглянул на результат моих трудов, издал презрительный возглас и порвал написанное мною письмо:

— Переделывайте.

Я решила, что была слишком любезна и даже фамильярна с Адамом Джонсоном, и сочинила холодное и официальное письмо: господин Сайто принял к сведению приглашение господина Джонсона и, в соответствии с его пожеланием, согласен приехать к нему на гольф.

Мой начальник прочитал это письмо, опять издал презрительный возглас и снова порвал его:

— Переделывайте.

Мне очень хотелось спросить, что же у меня не так, но по реакции шефа на вопрос о том, кто такой Адам Джонсон, я поняла, что он не выносит, когда ему задают вопросы. Я должна была сама догадаться, в каком стиле подобает обращаться к таинственному Адаму Джонсону.

Все последующие часы я сочиняла бесчисленные послания этому любителю гольфа. Господин Сайто рвал каждое мое очередное письмо, сопровождая эту процедуру ставшим уже привычным презрительным возгласом.

После чего мне приходилось изобретать новый эпистолярный стиль, отличный от предыдущих.

В этой бесконечной игре, напоминавшей сказку "У попа была собака, он ее любил...", была и своя забавная сторона. Я начала фантазировать: а что, если Адам Джонсон был бы глаголом, ближайшее воскресенье — подлежащим, игра в гольф — дополнением, а господин Сайто — прилагательным? Тогда получилось бы такое письмо: "Ближайшее воскресенье с удовольствием приедет поадамджонсить в сайтовую гольфигру. И пусть застрелится Аристотель!"

Я с удовольствием предавалась захватившей меня игре, но тут меня вызвал к себе

[10] шеф. Он молча порвал мое энное по счету письмо и сказал, что Фубуки Мори пришла:

— До конца дня вы будете работать с ней. А пока принесите мне кофе.

Было уже два часа. Эпистолярные гаммы так увлекли меня, что я просидела над ними полдня, ни разу не передохнув.

Поставив чашку кофе на стол господина Сайто, я обернулась и увидела, что ко мне подходит девушка — тонкая и высокая, как лук.

Когда я вспоминаю Фубуки, то сразу же представляю себе боевой японский лук, размером превосходящий самого рослого мужчину. Вот почему в своей книге я решила назвать эту компанию "Юмимото", что означает "Лук".

И когда я вижу лук, то сразу вспоминаю Фубуки, которая была выше многих мужчин.

— Госпожа Мори?
— Называйте меня Фубуки.

Фубуки Мори была ростом не меньше ста восьмидесяти сантиметров — даже для мужчин в Японии это редкость. Она была стройной и восхитительно грациозной, несмотря на обычную японскую чопорность, от которой она не смела освободиться. Но лицо ее было столь прекрасно, что я буквально замерла от восторга. Она между тем продолжала что-то говорить. Я слышала ее интеллигентный и нежный голос. Она показывала мне папки, объясняла их назначение, улыбалась. Я даже не замечала, что не слушаю ее.

Затем она предложила мне ознакомиться с документами, которые приготовила на моем столе. Она села за свой стол, который стоял напротив моего, и принялась за работу. Я послушно перелистывала разложенные передо мной бумаги. Это были какие-то перечни, расчеты.

Но она сидела в двух шагах от меня, и мой взгляд притягивала пленительная красота ее лица. Ее опущенные глаза были прикованы к цифрам, и она не замечала, что я ее разглядываю. У нее был наипрелестнейший носик в мире, бесподобный японский носик, с тонкими, чисто японскими ноздрями.

Не каждому японцу достается подобный нос, но уж если вам такой нос встретится, знайте: он может быть только японским.

Если бы Клеопатра обладала несравненным японским носом, география земного шара была бы совсем иной.

Рабочий день закончился, но стоило ли печалиться из-за того, что я так и не успела проявить свои познания, благодаря которым меня приняли на работу? Ведь я хотела работать на японском предприятии? И вот, пожалуйста, я работаю.

Мне казалось, что мой первый день прошел просто замечательно. Точно так же будут проходить и последующие дни.

Я, правда, не понимала, какую роль отвели мне в этом учреждении, но меня это не волновало. Господин Сайто явно считал меня туповатой, но меня и это не заботило. Я просто влюбилась в свою коллегу. И ее дружбы было для меня более чем достаточно, чтобы по десять часов в день проводить в компании "Юмимото".

У нее была матовая и белоснежная кожа — такую воспевает в своей прозе Танидзаки. Фубуки являла собой воплощение японской красоты. Если бы только не ее рост. Зато лицо Фубуки напоминало "гвоздику древней Японии", которая в былые времена символизировала девушку благородных кровей. Увенчивая ее высокий и тонкий силуэт, это похожее на гвоздику лицо призвано было возвышаться и царить над всеми прочими людьми.

"Юмимото" слыла крупнейшей компанией мира. Господин Ханэда возглавлял империю импорта-экспорта, которая покупала и продавала все, что только существует на земном шаре.

В каталоге товаров, которыми торговала "Юмимото", как в детских стихах Жака Превера, можно было найти все на свете — от финского "Эмменталя" до сингапурского мыла, от канадского оптического волокна до французских покрышек и тоголезского джута. Чего здесь только не было!

Обычный человек даже представить себе не может, какие деньги получала и выплачивала "Юмимото". По мере увеличения нулей итоговые суммы из мира чисел перекочевывали в область абстрактного искусства. Я задавалась вопросом, есть ли хоть один сотрудник в этой компании, который радуется прибыли в сто миллионов иен или огорчается из-за убытков на такую же сумму.

Служащие "Юмимото" воспринимали значимость нулей только рядом с другими цифрами. Все, кроме меня, оказавшейся не способной оценить власть нуля.

День проходил за днем, а я все так же оставалась не у дел. Меня это совсем не огорчало. Мне казалось, что обо мне попросту забыли, и это было даже приятно. Сидя за своим столом, я читала и перечитывала документы, которые дала мне Фубуки. Все они навевали на меня скуку, за исключением одного — поименного списка сотрудников, где значились также имена супруги или супруга, их любимых деток и дата и место рождения каждого члена семьи.

В этих сведениях не было ничего увлекательного. Но когда очень голоден, то и корка хлеба покажется вкусной: мой мозг так устал от инертности и праздности, что даже этот список я воспринимала как пикантное чтиво, словно передо мной был скандальный журнальчик, публикующий сведения об интимной жизни знаменитостей. Честно говоря, из всех бумаг я поняла только этот список.

Чтобы изобразить трудовое рвение, я решила выучить его наизусть. В нем была целая сотня имен. Большинство сотрудников имели семью и детей, что значительно усложняло мою задачу.

Но я отважно взялась за дело: склонившись над бумагами, я вчитывалась в японские имена, а затем, оторвав глаза от списка, повторяла их в уме. Когда я поднимала голову, мой взгляд неизменно падал на лицо Фубуки, сидевшей напротив меня.

Господин Сайто больше не поручал мне писать письма ни Адаму Джонсону, ни кому-либо еще. Впрочем, он вообще мне больше ничего не поручал, а лишь просил приносить кофе.

Нет ничего более естественного для новичка, поступившего на работу в японскую компанию, как начать свою трудовую деятельность с освоения о-тякуми — почетной обязанности разливать чай.

Я отнеслась к этому делу очень серьезно — тем более что это была моя единственная обязанность.

Вскоре я уже знала вкусы и привычки всех своих начальников. В восемь тридцать утра я должна была подавать черный кофе господину Сайто. В десять утра — кофе с молоком и двумя кусками сахара господину Унадзи. Господину Мидзуно — каждый час по стакану кока-колы. Господину Окаде — в пять часов английский чай с облачком молока. Фубуки — зеленый чай в девять утра, черный кофе в полдень, зеленый чай в три часа дня и еще раз черный кофе в семь вечера. И каждый раз она благодарила меня с подкупающей вежливостью.

Именно на этом скромном поприще я потерпела первое поражение.

Однажды утром господин Сайто сообщил мне, что вице-президент принимает сегодня в своем кабинете важных гостей из дружественной фирмы:

— Подайте кофе на двадцать человек.

В назначенный час я вошла к господину Омоти с большим подносом и великолепнейшим образом выполнила свою задачу: каждую чашечку я подавала с подчеркнуто скромным видом, низко кланяясь и опустив глаза, произнося при этом самые изысканные и подобающие случаю церемонные выражения. Если бы существовал орден за высокое искусство о-тякуми, я бы его безусловно заслужила.

Несколько часов спустя делегация уехала. И тут все мы услышали громовой голос необъятного господина Омоти:

— Сайто-сан!

Я видела, как мгновенно побледневший господин Сайто вскочил с места и побежал в логово вице-президента. Через стену я слышала гневный ор толстяка. Я не могла разобрать, что он кричит, но ничего хорошего это не предвещало.

Из кабинета вице-президента господин Сайто вышел с перевернутым лицом. При одной только мысли, что он весит раза в три меньше своего обидчика, я испытала к нему неожиданный прилив нежности. Но тут он свирепым тоном выкрикнул мое имя.

Я последовала за ним в пустой кабинет. От ярости он даже заикался:

— Вы все испортили! Вы настроили против нас представителей дружественной фирмы! Подавая кофе, вы произносили традиционные японские фразы, которые выдают ваше прекрасное знание языка!

— Но я действительно неплохо говорю по-японски, Сайто-сан.

— Замолчите! Как вы смеете возражать? Господин Омоти крайне недоволен вами. Вы создали отвратительную атмосферу во время приема этой делегации: могут ли нам доверять партнеры, если у нас работает белая женщина, превосходно понимающая японский язык? С этого дня вы больше не говорите по-японски!

Я вытаращила глаза:

— Простите?

— Вы больше не знаете японского языка. Понятно?

— Но ведь меня приняли на работу в вашу фирму только потому, что я знаю японский!

— Мне наплевать. Я приказываю вам забыть японский язык.

— Но это невозможно! Никто не сможет подчиниться такому приказу.

— Сможете, если потребуется. И ваши западные мозги должны это усвоить.

"Приехали!" — подумала я. И попыталась возразить:

— Японский мозг, возможно, и способен забыть какой-то язык. А западный — не способен.

Этот неожиданный аргумент, как ни странно, подействовал на господина Сайто.

— И все-таки попытайтесь. По крайней мере, делайте вид, что не понимаете. Я получил приказ относительно вас. Ясно?

Говорил он сухо и повелительно.

На свое рабочее место я, видимо, вернулась крайне растерянной, потому что Фубуки встретила меня нежным и встревоженным взглядом. Я погрузилась в полную прострацию, размышляя, что же мне теперь делать.

Самым логичным было бы уволиться. Однако мне трудно было решиться на этот шаг. С точки зрения западного человека, в подобном поступке нет ничего позорного, но для японца это означает потерять лицо. Я еще и месяца не проработала в компании, а контракт подписала на целый год. Если я сейчас хлопну дверью, то опозорюсь не только в глазах японцев, но и в своих собственных.

Тем более что мне вовсе не хотелось уходить. Ведь я с таким трудом добилась, чтобы меня приняли в эту компанию: пришлось выучить деловой токийский язык, пройти всевозможные тесты. Я не стремилась стать высококвалифицированным экспертом в области международной торговли, но я всегда мечтала жить в Японии, о которой с раннего детства сохранила самые идиллические воспоминания, а потом издали благоговела перед этой страной.

Нет, я останусь.

Нужно только придумать, как выполнить приказ господина Сайто. Я обследовала свое сознание в поисках геологического слоя, предрасположенного к амнезии: не найдется ли какого-нибудь тайного подземелья в крепости моего мозга? Чего я там только не обнаружила: хорошо и плохо укрепленные участки, сторожевые башни и бастионы, провалы и рвы, заполненные водой. Но, увы! я так и не смогла отыскать темницы, чтобы замуровать там язык, на котором все говорили вокруг меня.

Если я не в состоянии его забыть, может быть, я сумею притвориться, что забыла? Если вообразить, что язык — это лес, почему бы мне не припрятать за французскими кедрами, английскими липами, латинскими дубами и греческими оливами бесчисленные японские криптомерии, имеющие весьма подходящее к случаю название?

[20] Мори, фамилия Фубуки, означает "лес". Не потому ли я и обратила свой печальный взгляд на эту девушку? Я видела, что она все время вопросительно посматривает на меня.

Она встала с места и знаком дала понять, чтобы я вышла вместе с ней. На кухне я понуро опустилась на стул.

— Что он вам сказал? — спросила Фубуки.

Наконец-то я могла кому-то открыться! Чуть не плача, я бессвязно рассказала ей о случившемся. И не могла удержаться от резких слов:

— Ненавижу этого господина Сайто! Дурак и мерзавец!

Фубуки улыбнулась и возразила:

— Это не так. Вы ошибаетесь.

— Ну, конечно. Вы... вы — такая милая, что не замечаете в людях ничего плохого. Такой приказ мог отдать только...

— Успокойтесь. Приказ исходит не от него. Он только передал распоряжение господина Омоти. У него не было выбора.

— Значит, этот господин Омоти — последний...

— Ну, это отдельный разговор, — прервала она меня. — Что вы хотите? Он же вице-президент. Мы с вами не можем ничего изменить.

— Я думаю, мне стоит поговорить с президентом, господином Ханэдой. Что он за человек?

— Господин Ханэда — замечательный человек. Очень умный и добрый. Но вы не можете пожаловаться ему.

Она была права, и я это знала.

В Японии совершенно недопустимо обращаться к вышестоящему начальству, минуя хотя бы одну ступень, тем более перепрыгнуть сразу несколько. Я имела право обратиться только к своему непосредственному руководителю, то есть к Фубуки Мори.

— Фубуки, вы моя последняя надежда. Я знаю, что вы не в силах помочь мне. Но я все равно благодарю вас. От вашего участия мне уже легче.

Она улыбнулась.

Я спросила, как пишется ее имя. Она показала мне свою визитную карточку. Я увидела напечатанные на ней иероглифы и воскликнула:

— Снежная буря! Фубуки означает "снежная буря"! Какое у вас красивое имя!

— Я родилась во время снежной бури. Мои родители увидели в этом знак.

Мне тут же вспомнился список сотрудников "Юмимото": Мори Фубуки родилась в Наре 18 января 1961 года. Значит, она — дитя зимы. В тот же миг мне представилась эта неистовая снежная буря, которая разразилась тогда в красивейшем городе Наре, с его бесчисленными колоколами — что же удивляться, что такая восхитительная девушка родилась в день, когда небесная красота обрушилась на красоту земную?

Фубуки рассказала мне о своих детских годах, проведенных в Кансае. А я рассказала ей о своем раннем детстве, которое проходило в той же провинции, неподалеку от Нары, в деревне Сюкугава, у подножия горы Кабуто — от воспоминаний об этих легендарных местах у меня на глаза навернулись слезы.

— Как я рада, что мы с вами — дети Кансая! Ведь именно там бьется сердце старой Японии.

Душой я все годы так и оставалась в этих краях, — после того как в возрасте пяти лет мне с моими родителями пришлось сменить японские горы на китайскую пустыню. Это первое изгнание далось мне так тяжело, что я была готова преодолеть любые трудности, лишь бы возвратиться в страну, которую столь долго считала своей родиной.

Когда мы вернулись на рабочие места, я еще не решила, как следует себя вести. И совсем не представляла себе, чем буду заниматься в компании "Юмимото". Но какое счастье, что у меня есть такая коллега, как Фубуки Мори!

Итак, я должна была изображать занятость, но при этом делать вид, что не понимаю языка, на котором все говорят вокруг меня. Отныне я молча разносила сотрудникам чай и кофе и не отвечала на их слова благодарности. Никто из них не подозревал о последних распоряжениях, которые мне приходилось выполнять. И все недоумевали, с чего это вдруг еще вчера такая учтивая белая гейша превратилась в глупую и хамоватую гусыню, похожую на янки.

Церемония о-тякуми, увы, не занимала много времени. И я решила, не испросив на то позволения, разносить почту.

Запрягшись в громоздкую металлическую тележку, я путешествовала по этажам и бесчисленным офисам, вручая сотрудникам их письма. Это работа пришлась мне по душе. Прежде всего, я могла упражняться в знании языка, потому что адреса чаще всего были написаны иероглифами, и когда поблизости не маячил господин Сайто, я не скрывала, что знаю японский. Кроме того, я радовалась, что не зря выучила наизусть список сотрудников "Юмимото": я не только поименно знала даже самых мелких служащих, но, если представлялся случай, с удовольствием поздравляла их с днем рождения, а также с днем рождения их супруги и дорогих чад.

С радужной улыбкой и низким поклоном я протягивала почту и говорила: "Вот ваши письма, господин Сиранай. Поздравляю вас с днем рождения вашего маленького Ёсиро, которому исполняется сегодня три года". И видела, с каким изумлением тот на меня смотрит. Обязанности почтальона занимали гораздо больше времени, чем угощение чаем моих начальников — ведь я обходила всю компанию, которая располагалась на разных этажах. Я гордо шествовала со своей тележкой и радовалась каждому поводу проехаться на лифте. Мне это очень нравилось, потому что на площадке рядом с лифтом находилось огромное окно, и в ожидании лифта я играла в придуманную мною игру под названием "бросаться в пустоту". Я прижимала нос к стеклу и мысленно летела вниз. Город был так далеко! И пока не разобьешься о землю, можно увидеть столько интересного!

Наконец-то я обрела свое призвание. Мои умственные способности прямо-таки расцветали благодаря этой простой и человечной работе, и главное — все видели, какую пользу я приношу. Я была готова заниматься этим делом до конца жизни.

Но тут меня вызвал к себе господин Сайто. Я снова схлопотала выговор. На сей раз я и сама понимала, что совершила ужасное преступление — проявила инициативу. Я присвоила чьи-то обязанности, не испросив на то позволения непосредственного начальства. По моей вине штатный разносчик почты, который приходил на работу только после полудня, решил, что его хотят уволить, и был на грани нервного срыва.

— Вы воруете чужую работу. Как вам не стыдно! — совершенно справедливо выговаривал мне господин Сайто.

Я была просто в отчаянии — придется распрощаться с такой многообещающей карьерой. Кроме того, снова вставал вопрос: чем же мне теперь заняться?

И тут меня осенила идея, которая показалась мне спасительной: путешествуя с письмами по предприятию, я заметила, что в каждом помещении висит множество всевозможных календарей, но передвижной красный квадратик чаще всего стоит на просроченной дате или на прошлом месяце. На сей раз я не забыла испросить разрешения у своего шефа:

[26] — Господин Сайто, а можно мне следить за календарями?

Он неосмотрительно ответил согласием. И я снова обрела каждодневное занятие.

Утром я обходила все кабинеты и передвигала красный квадратик на нужный день. У меня появился официальный пост: я стала смотрительницей календарей.

Мало-помалу сотрудники "Юмимото" начали замечать мою деятельность. И встречали меня веселыми шутками:

— Как вы себя чувствуете? Не слишком устаете от тяжелой работы?

Я весело отвечала:

— Ужасно устаю. Спасаюсь только благодаря витаминам.

Я полюбила свои новые обязанности. К сожалению, они отнимали у меня слишком мало времени, но давали лишний повод прокатиться на лифте и в ожидании его — "броситься в пустоту". К тому же моя деятельность развлекала сотрудников компании.

Наибольшего успеха на этом поприще я достигла при переходе от февраля к марту. В этот день мне предстояло не только передвинуть красный квадратик, но и вырвать февральский лист.

В каждом кабинете меня, как спортсмена, встречали радостными приветствиями.

Я сражалась, как самурай, изничтожая февральский лист календаря с огромным фотоснимком заснеженной Фудзиямы, которая воплощала февраль на календаре "Юмимото". Одержав в этой схватке победу, я с усталым, но гордым видом скромного воина-победителя покидала поле брани под одобрительные крики "банзай!" восторженных зрителей.

Слух о моей славе достиг ушей господина Сайто. И мне предстояло выслушать очередной нагоняй за то, что я позволила себе скоморошничать в такой серьезной фирме. Но я заранее приготовилась к самозащите.

— Вы же разрешили мне следить за календарями, — начала я с места в карьер, не дожидаясь, пока шеф выплеснет на меня свой гнев.

Но на сей раз он не очень рассердился, а был лишь привычно недоволен:

— Да, можете продолжать. Но не устраивайте из этого балаган — вы отвлекаете наших сотрудников от работы.

Меня удивило, как легко я отделалась. Но господин Сайто добавил:

— Отксерокопируйте вот эти документы.

Он протянул мне толстенную пачку бумаг формата А4. Не меньше тысячи листов.

Я заложила всю пачку в ксерокс, который выполнил свою работу качественно и мигом.

[28] Готовые копии и оригинал я отнесла своему начальнику.

Некоторое время спустя он вызвал меня к себе:

— Ваши ксерокопии слегка смещены от центра. Переделайте эту работу как следует.

По дороге к ксероксу я думала: может быть, я не очень аккуратно заложила бумагу в машину? Но теперь я была сверхвнимательна, и результат получился безупречным. Новую пачку я отнесла господину Сайто.

— Опять все сдвинуто! — сказал он.

— Неправда! — воскликнула я.

— Как вы смеете спорить с начальством! Неслыханное нахальство!

— Извините меня. Но я так старалась, чтобы ксерокопии получились очень хорошими.

— Но они таковыми не получились. Смотрите!

Он протянул мне лист, который казался мне идеальным.

— Что же здесь не так?

— Вот, смотрите. Текст не совсем параллелен краю бумаги.

— Вам так кажется?

— Конечно, раз я так говорю!

Он бросил всю пачку в корзинку и спросил:

— Вы пользуетесь устройством автоматической подачи бумаги?

— Да, конечно.

— Тогда все понятно. Им нельзя пользоваться, потому что он не отличается точностью.

— Но если я буду закладывать каждый листок вручную, это займет много часов.

— Ну и что же? — улыбнулся он. — Вы все равно не знаете, чем заняться.

Я поняла, что это наказание за мой театр с календарями. Ксерокс превратился для меня в настоящее орудие пытки. Теперь я каждый раз поднимала крышку, сверхтщательно укладывала очередную страницу, нажимала на кнопку, а потом долго разглядывала результат. К своей каторжной работе я приступила в три часа дня. И к семи вечера я еще не закончила. Иногда к ксероксу подходили сотрудники: если им нужно было сделать более десяти копий, я вежливо просила их воспользоваться другим аппаратом, который стоял в противоположном конце коридора.

Между делом я решила посмотреть, что за текст поручили мне копировать. И чуть не умерла от смеха: это был устав гольф-клуба, членом которого состоял господин Сайто.

Но уже через минуту я чуть не заплакала от жалости при одной лишь мысли о бедных и ни в чем не повинных деревьях, которые готов загубить господин Сайто, чтобы наказать меня за мое поведение. Мне виделись японские леса моего детства: клены, криптомерии, гинкго, безжалостно срубленные только ради того, чтобы наказать столь ничтожное существо, как я. И тут я вспомнила, что фамилия Фубуки означает "лес".

В этот момент ко мне подошел господин Тэнси, который возглавлял отдел молочных продуктов. Его должность соответствовала должности господина Сайто, который заведовал бухгалтерией. Я удивленно взглянула на него: неужели такой большой начальник, как господин Тэнси, не может поручить кому-нибудь из своих подчиненных сделать нужные ему ксерокопии? Он сам ответил на мой немой вопрос:

— Сейчас восемь вечера. Все мои сотрудники уже ушли. А почему вы не пользуетесь автоматикой?

Со смиренной улыбкой я объяснила, что выполняю особые инструкции господина Сайто.

— Все ясно, — понимающим тоном сказал господин Тэнси.

Он слегка задумался, а затем спросил:

— Вы, кажется, бельгийка?

— Да.

— Это очень кстати. У меня есть довольно интересный проект, связанный с вашей страной. Вы согласитесь сделать для меня определенную работу?

Я смотрела на него как на спасителя. Он объяснил мне, что один бельгийский кооператив разработал новый метод обезжиривания сливочного масла.

— Я очень верю в легкое масло. За ним будущее, — добавил он.

Я радостно подхватила:

— И я так думаю!

— Зайдите ко мне завтра утром.

Ксерокопирование я заканчивала уже совсем в другом настроении. Передо мной открывалась заманчивая перспектива. Я положила пачку копий размера А4 на стол господина Сайто и, ликуя, пошла домой.

На следующее утро, стоило мне появиться в компании "Юмимото", меня встретила испуганная Фубуки. Она передала приказ начальства:

— Господин Сайто хочет, чтобы вы заново отксерокопировали его бумаги. Он считает, что они опять получились не очень хорошо.

Я расхохоталась и объяснила моей коллеге, какую игру ведет со мной наш шеф:

— Уверена, что он даже не посмотрел, как они сделаны, а я каждый экземпляр выверила до миллиметра. Я потратила на это уйму времени — и все это ради устава его гольф-клуба!

Тут даже Фубуки робко возмутилась:

— Он вас просто мучает!

Я ее успокоила:

— Не беспокойтесь! Меня это даже забавляет.

Я снова пошла к ксероксу, который уже полностью освоила, и включила устройство автоматической подачи бумаги: я не сомневалась, что господин Сайто опять вынесет свой приговор, даже не взглянув на мою работу. И я с радостным волнением думала о Фубуки: "До чего же она добрая! Какое счастье, что она рядом со мной!"

Откровенно говоря, новый каприз господина Сайто пришелся как нельзя кстати: накануне я потратила более семи часов, чтобы — одну за другой — отксерить тысячу страниц. Сегодня под этим предлогом я могла провести несколько часов у господина Тэнси. Благодаря автоматике я за десять минут отшлепала тысячу копий, отнесла их на свое рабочее место и сбежала в отдел молочных продуктов.

Господин Тэнси передал мне координаты бельгийского кооператива:

— Я хотел бы получить самый полный и подробный отчет об этом новом легком сливочном масле. Садитесь за стол господина Сайтамы: он сейчас в командировке.

Тэнси означает "ангел": господину Тэнси как нельзя лучше подходило его имя. Он не только дал мне счастливый шанс проявить себя, но и предоставил полную свободу действий — в Японии такое случается крайне редко. Кроме того, он проявил инициативу, не испросив согласия начальства, то есть решился ради меня на большой риск.

Я это понимала. И почувствовала, что отныне и до конца жизни буду беззаветно предана господину Тэнси — такую преданность каждый японец должен испытывать по отношению к своему начальству, но вот господин Сайто и господин Омоти подобного чувства у меня не вызывали. Господин Тэнси стал теперь моим командиром, моим военачальником, и я, как самурай, была готова пожертвовать ради него жизнью.

Битва за легкое сливочное масло началась. И я смело бросилась в бой. Из-за разницы во времени я не могла сразу же позвонить в Бельгию, поэтому начала с того, что обзвонила японские центры по изучению потребительского спроса и министерство здравоохранения, чтобы выяснить, какая взаимосвязь прослеживается между потреблением сливочного масла и уровнем холестерина у японской нации. Мне удалось узнать, что чем больше жители Страны восходящего солнца едят сливочного масла, тем чаще страдают излишним весом и сердечно-сосудистыми заболеваниями.

Когда в Бельгии начался рабочий день, я позвонила в маленький бельгийский кооператив. На другом конце провода я услышала голос, говоривший с сильным местным акцентом, и почувствовала неожиданное волнение. Моя соотечественница, польщенная звонком из Японии, проявила удивительную компетентность. Через десять минут я получила по факсу двадцать страниц текста, где по-французски излагалась технология обезжиривания сливочного масла, правами на которую обладал этот кооператив.

Я села за свой отчет, которому предстояло стать отчетом века. Вначале я изложила результаты изучения рынка: данные о потреблении сливочного масла в Японии, рост его потребления начиная с 1950 года и одновременный рост сопутствующих заболеваний. Затем я рассказала о существующих методах снижения калорийности сливочного масла, о преимуществах новой бельгийской технологии и т. д.

Поскольку я писала свой отчет по-английски, я взяла работу домой, чтобы свериться с техническим словарем. Этой ночью я не спала.

На следующее утро я примчалась в "Юмимото" на два часа раньше, чтобы отпечатать отчет, вручить его господину Тэнси и ни на минуту не опоздать на свое рабочее место.

Не успела я появиться в отделе господина Сайто, как он сразу же вызвал меня к себе:

— Я посмотрел копии, которые вы оставили вечером на моем столе. Вы явно прогрессируете, но до совершенства вам пока далеко. Переделайте еще раз.

И он снова бросил готовые ксерокопии в корзину.

Я низко склонила голову и подчинилась. При этом я с трудом сдерживалась, чтобы не рассмеяться.

Господин Тэнси нашел меня у ксерокса. Он поздравил меня со всей сердечностью, которую допускала его сдержанная учтивость:

— Вы подготовили замечательный отчет, причем сделали его чрезвычайно быстро. Вы разрешите мне сказать на собрании, кто его автор?

Это был человек редкого благородства: ради меня он готов был нарушить существующие здесь запреты.

— Ни в коем случае, господин Тэнси. Это только навредит и вам и мне.

— Вы правы. Но на ближайшем совещании я попробую намекнуть господину Сайто и господину Омоти, а еще лучше — господину Ханэде, что вы можете мне быть полезны. Как вы думаете, господин Сайто будет этому противиться?

— Ни в коем случае. Посмотрите, сколько раз он заставляет меня ксерокопировать одни и те же бумаги, лишь бы не видеть меня. Да он только и думает о том, как бы от меня избавиться. Он будет рад, если вы заберете меня в свой отдел, он просто терпеть меня не может.

— Вы не обидитесь, если я припишу себе авторство вашего отчета?

Его вопрос ошеломил меня: никто не обязывал его проявлять подобную учтивость по отношению к такой мелкой сошке, как я.

— Ну что вы, господин Тэнси, это будет большая честь для меня.

Мы расстались, преисполненные уважения друг к другу. В будущее я смотрела с надеждой. Скоро, скоро закончатся издевательства господина Сайто, его абсурдные приказы без конца ксерокопировать одни и те же бумаги и запрет говорить на моем втором языке.

Драма разразилась несколько дней спустя. Меня срочно вызвали в кабинет господина Омоти, куда я отправилась, не ожидая ничего дурного.

Когда я вошла в святая святых, там уже сидел господин Тэнси. При виде меня он улыбнулся, и это была самая добрая и сочувствующая улыбка, какую мне доводилось когда-либо видеть. Она означала: "Нас ждет отвратительное испытание, но мы с вами должны его выдержать".

Я думала, что это будет обычный нагоняй. Как я ошибалась! На господина Тэнси и на меня обрушились дикий рев и чудовищная брань. Сама не знаю, что было ужаснее: содержание или форма.

Содержание было крайне оскорбительным. Как нас только не клеймили: предателями, ничтожествами, змеями, коварными мошенниками и — самое страшное — индивидуалистами!

А форма многое объясняла в истории японцев: чтобы прекратить эти отвратительные крики, я в те минуты была готова на все — завоевать Маньчжурию, подвергнуть гонениям тысячи китайцев, покончить с собой во имя императора, протаранить своим самолетом американский линкор или обязаться работать круглые сутки сразу на две компании "Юмимото".

Самое ужасное было видеть, каким унижениям подвергают господина Тэнси — и все из-за меня! Господин Тэнси был очень умным человеком и прекрасно понимал, на какой риск идет ради меня. Никто из персонала компании не заставлял его это делать: им руководил простой альтруизм. В награду за доброту его теперь втаптывали в грязь.

Глядя на него, я пыталась демонстрировать такое же смирение, как и он. Господин Тэнси опустил голову и все глубже втягивал ее в плечи, низко сгибаясь перед бушевавшим господином Омоти. Лицо его выражало раскаяние и стыд. Я старалась ему подражать. Но тут огромный толстяк крикнул ему:

— Ваша главная цель — саботировать деятельность нашей компании!

Раздумывать было некогда — я не могла допустить, чтобы этот случай помешал дальнейшей карьере моего ангела-хранителя. И я бросилась под водопад оскорблений, изрыгаемых вице-президентом:

— Господин Тэнси не хотел саботировать деятельность компании! Это я упросила его доверить мне эту работу. Только я одна во всем виновата.

Я увидела, с каким ужасом смотрит на меня мой товарищ по несчастью. Его глаза говорили: "Умоляю вас, молчите!" Увы, было уже слишком поздно.

На мгновение господин Омоти застыл с открытым ртом, а затем подошел поближе и заорал мне прямо в лицо:

— Вы еще оправдываетесь!

— Вовсе нет, это я одна во всем виновата. И если вы хотите кого-то наказать, то накажите только меня!

— Как вы смеете защищать эту змею!

— Господин Тэнси не нуждается в защите. И вы несправедливо нападаете на него.

Я видела, что мой благодетель закрыл глаза, и поняла, что совершила непоправимую ошибку.

— Вы осмеливаетесь утверждать, что я лгу? Неслыханная наглость!

— Ничего такого я не утверждаю. Я только думаю, что господин Тэнси, чтобы защитить меня, взял всю вину на себя.

Ситуация была хуже некуда. И тут мой товарищ по несчастью взял слово. И заговорил смиренно-приниженным тоном:

— Умоляю вас, не сердитесь на нее, она сама не знает, что говорит, она европейка, она молода и совершенно неопытна. Я допустил непростительную ошибку. Я просто сгораю со стыда.

— Вам действительно нет оправдания! — проорал толстяк.

— Хотя вина моя безгранична, я все же должен отметить, что Амели-сан написала превосходный отчет и подготовила его очень быстро, — вставил господин Тэнси.

— Речь идет вовсе не об этом! Эту работу должен был выполнить господин Сайтама!

— Он был в командировке.

— Следовало дождаться его возвращения.

— Это новое легкое масло интересует не только нас, но и другие фирмы. Если бы я дожидался возвращения господина Сайтамы, нас могли опередить.

— Но вы не хотели поставить под сомнение компетентность господина Сайтамы?

— Ни в коем случае. Но господин Сайтама не говорит по-французски и не знает Бельгию. Ему было бы гораздо труднее справиться с этой задачей, чем Амели-сан.

— Замолчите! Подобный отвратительный прагматизм недостоин японцев, оставьте его западным людям!

Я сочла, что это уже чересчур, и не удержалась:

— Извините мне мое западное недостойное поведение. Пусть мы совершили ошибку. Но почему бы не извлечь из нее пользу...

Господин Омоти не дал мне договорить. Подойдя ко мне и вперив в меня свои мечущие молнии глаза, он закричал:

— А вы... Я вас предупреждаю: это ваш первый и последний отчет. Вы навсегда скомпрометировали себя. Убирайтесь вон! Не желаю вас больше видеть!

Я не заставила выгонять себя дважды. Даже в коридоре я слышала гневный рев этой горы мяса, обращенный против виновато молчавшей жертвы.

Потом дверь открылась, и появился господин Тэнси. Раздавленные градом обвинений, которые только что обрушились на нас, мы отправились с ним на кухню, чтобы немного прийти в себя.

— Простите, что вовлек вас в эту историю, — сказал он мне.

— Ну что вы, господин Тэнси! Я буду вам благодарна всю жизнь! Ведь вы единственный, кто дал мне здесь шанс проявить себя. Это так мужественно и благородно с вашей стороны. Я знала это с самого начала. Теперь я сама убедилась, как это было опасно для вас. И вы переоценили наших начальников: не стоило говорить им, что это я написала отчет.

Он удивленно взглянул на меня:

— А я и не говорил. Вспомните наш уговор: я собирался намекнуть об этом только на самом верху, в разговоре с господином Ханэдой — тогда я бы чего-то добился. Я знал, что если сказать об этом господину Омоти, то можно погубить все дело.

— Значит, это господин Сайто нажаловался вице-президенту? Вот негодяй, вот дурак! У него была возможность избавиться от меня и при этом меня осчастливить. Так нет же...

— Не браните господина Сайто. Он лучше, чем вы о нем думаете. Это не он донес на нас. Я видел заявление, которое лежало на столе господина Омоти, и знаю, кто его написал.

— Господин Сайтама?

— Нет. Вы действительно хотите, чтобы я сказал?

— Обязательно!

Он вздохнул:

— На нем стояла подпись Фубуки Мори.

Меня словно обухом ударили по голове:

— Фубуки? Не может быть!

Мой товарищ по несчастью молчал.

— Не верю! Наверное, ее заставил написать этот трус Сайто. У него не хватило смелости даже на донос, так он поручил его написать своей подчиненной.

— Да нет, уверяю вас, что вы ошибаетесь на его счет. Он закомплексованный и слегка туповатый, но не злой. Он никогда не отдал бы нас на растерзание вице-президенту.

— А Фубуки просто не способна на такое! Господин Тэнси опять вздохнул и промолчал.

— Зачем ей на нас доносить? Она вас ненавидит?

— Не думаю. И она сделала это не из-за меня. В конечном счете, вам эта история навредила гораздо больше, чем мне. Я ничего не потерял. А вам теперь много лет не видать повышения.

— Тогда я ничего не понимаю! Фубуки всегда была так добра ко мне!

— Да, пока вы лишь переставляли дату на календарях и ксерокопировали устав гольф-клуба.

— Но ведь не думает же она, что я претендую на ее место?

— Нет, конечно.

— Тогда зачем же она донесла на меня? Что ей до того, если бы я ушла работать к вам?

— Фубуки Мори много лет промучилась, прежде чем получила наконец свою нынешнюю должность. Она не могла смириться с тем, что вы, проработав в компании "Юмимото" всего два с половиной месяца, уже заслужили бы продвижение по службе.

— Не верю! Неужели она способна на такую низость!

— Она действительно очень настрадалась за те годы, что работает здесь. Это все, что я могу вам сказать.

— Значит, она хочет, чтобы я тоже страдала, как она! Это слишком подло с ее стороны! Я должна с ней поговорить.

— Вы думаете, это что-то изменит?

— Конечно. Как можно уладить отношения, если сначала их не выяснить?

— Когда господин Омоти обливал нас грязью, вы пытались ему что-то объяснить. Разве после этого дело уладилось?

— Но как решить проблему, если ее даже не обсуждать?

— Но ситуация от этого иногда только ухудшается.

— Не беспокойтесь, я больше не буду втягивать вас в свои истории. Но я обязательно должна поговорить с Фубуки. Иначе у меня все зубы разболятся.

Фубуки не без удивления, но вполне благосклонно встретила мою просьбу поговорить с ней. И вышла вслед за мной из нашего офиса. Мы уселись в зале заседаний, где никого не было.

Я начала с того, что мягко и спокойно сказала ей:

— Я думала, мы с вами друзья. И я не понимаю, как это могло случиться.

— А что случилось?

— Вы же не будете отрицать, что донесли на меня?

— А почему я должна это отрицать? Я лишь выполняла должностную инструкцию.

— Инструкция для вас важнее дружбы?

— Ну, дружба — это слишком громко сказано. Скорее хорошие отношения между коллегами.

Эти ужасные фразы она произносила совершенно невозмутимым и даже любезным тоном.

— Согласна. Но как вы думаете, разве мы можем сохранить хорошие отношения после того, что вы сделали?

— Если вы извинитесь, я не буду на вас сердиться.

— Вы не лишены чувства юмора, Фубуки.

— Просто поразительно! Вы допустили очень серьезную ошибку и при этом изображаете из себя обиженную.

И тут у меня по глупости вырвалась фраза:

— Странно. Я думала, японцы не похожи на китайцев.

Она не поняла, что я имею в виду. И я поспешила разъяснить:

— У китайцев доносительство процветало еще до коммунистов. Сингапурские китайцы по сей день учат детей доносить на своих однокашников. Я думала, у японцев другие представления о чести.

Фубуки была явно задета, что означало: я совершила тактическую ошибку.

Она улыбнулась:

— Неужто вы полагаете, что вправе учить меня морали?

— Как вы думаете, Фубуки, почему я затеяла этот разговор?

— По недомыслию.

— Неужели вы не понимаете, что мне хотелось помириться с вами?

— Извинитесь, и мы помиримся.

Я вздохнула:

— Вы такая умная и тонкая. Почему вы делаете вид, что не понимаете?

— Не будьте смешной. Вас совсем не трудно понять.

— Тем лучше. Значит, вы понимаете мое возмущение.

— Понимаю и не одобряю. Это у меня есть все основания возмущаться вашим поступком. Вы добивались повышения, на которое не имеете никакого права.

— Допустим, что я не имею на него права. Но вам-то что до этого? Разве вы при этом что-то теряете?

— Мне двадцать девять лет, а вам — двадцать два. И я только в прошлом году получила свою должность. Я много лет боролась, чтобы ее получить. А вы проработали всего несколько недель и уже хотите добиться такого же повышения?

— Так вот оно что! Вам нужно, чтобы я страдала. Вы не выносите, когда другим везет. Как ребенок!

Она презрительно усмехнулась:

— А так ухудшить свое положение, как вы, — это что, признак зрелости? Не забывайте, что я ваша начальница. По какому праву вы мне грубите?

— Да, вы моя начальница. И у меня нет никаких прав, знаю. Но я все же хочу, чтобы и вы знали, что вы меня очень разочаровали. Я относилась к вам с таким уважением!

Фубуки нарочито засмеялась:

— А я совсем не разочарована, потому что не испытывала к вам никакого уважения.

Когда на следующее утро я появилась в компании "Юмимото", Фубуки Мори объявила:

— Вы не перейдете в другой отдел, а останетесь работать здесь, в бухгалтерии.

Я чуть не рассмеялась:

— Вы хотите, чтобы я стала бухгалтером? А почему не акробатом?

— Вы? Бухгалтером? Это громко сказано. Я думаю, вы никогда не сможете стать бухгалтером, — ответила она с презрительной улыбочкой.

Фубуки показала мне большой ящик, в котором лежала кипа счетов, накопившаяся за несколько недель. Потом подвела меня к шкафу, где стояли огромные книги учета — с аббревиатурами одиннадцати отделов "Юмимото".

— Я даю вам очень простое задание, как раз по вашим способностям, — объясняла она назидательным тоном. — Сначала разложите счета по датам. Затем определите, к какому отделу они относятся. Возьмем, к примеру, вот этот счет: одиннадцать миллионов за финский "Эмменталь". Какое забавное совпадение! Это как раз отдел молочных продуктов. Берете соответствующую книгу и расписываете по колонкам: дату, название фирмы, сумму. Когда все счета будут расклассифицированы и расписаны, вы уложите их вот сюда в ящик.

Пожалуй, это действительно было не так уж сложно. Но я решила выразить удивление:

— Разве эти операции не заносятся в компьютер?

— В конце месяца господин Унадзи введет все счета в компьютер. Он просто перенесет в него ваши записи: это потребует совсем немного времени.

В первые дни я иногда путала книги учета. И вынуждена была задавать вопросы Фубуки, которая отвечала мне со скрытым раздражением:

— Reming Ltd — это куда?

— Цветные металлы. Отдел ЦМ.

— Gunzer GmbH — это что?

— Химические продукты, отдел ХП.

Вскоре я уже знала на память все фирмы и торгующие с ними отделы. Работа казалась мне все проще и проще. Она была на редкость скучной, но меня это не удручало, поскольку она не занимала полностью мои мысли. Расписывая счета, я время от времени поднимала голову, чтобы помечтать, любуясь прекрасным лицом моей доносчицы.

Неделя текла за неделей, и я постепенно успокаивалась. Я обретала "счетоводное спокойствие". Как средневековый монах-переписчик, я целые дни корпела над бумагами и переписывала буквы и цифры. Еще никогда в жизни мой мозг не был так мало востребован, и я испытывала редкостное умиротворение. Это был бухгалтерский дзэн. И я не без удивления чувствовала, что готова предаваться этому сладостному отупению все оставшиеся сорок лет моей жизни.

Подумать только, какой я была дурочкой, что заканчивала университет. Ну что во мне интеллектуального, если мой мозг наслаждается такой глупой и однообразной работой? Теперь я знала: созерцательность — вот мое призвание. Счастье для меня — переписывать цифры, любуясь при этом красотой моей визави.

Фубуки была права: увязавшись за господином Тэнси, я ошиблась дорогой. Как это я умудрилась написать целый трактат о сливочном масле? Я вовсе не из разряда победителей, а из породы коров, которые бродят по лугам-счетам в ожидании проходящего мимо поезда. До чего же замечательно жить, позабыв о гордости и мыслительных способностях! Я с удовольствием предавалась умственной спячке.

В конце месяца появился господин Унадзи, который должен был занести мои данные в компьютер. Ему понадобилось всего два дня, чтобы перенести в него написанные мною колонки цифр и иероглифов. Я испытывала нелепую гордость, осознавая себя полезным звеном в общей цепи.

По воле случая — или судьбы — книгу учета ХП господин Унадзи оставил напоследок. Его пальцы быстро забегали по клавишам, как и при работе с десятью предыдущими книгами. Но спустя несколько минут я услышала его возгласы:

— Не может быть! Не может быть!

Я увидела, что он лихорадочно листает страницы этой последней злополучной книги. И начинает истерически хохотать. Пока он хохотал, а затем, обессилев, лишь слегка вскрикивал и давился от смеха, на него во все глаза смотрели сорок сотрудников огромного отдела.

Мне стало плохо.

Фубуки вскочила и ринулась к господину Унадзи. Захлебываясь и повизгивая от смеха, он показал ей какие-то записи в книге учета. Фубуки повернулась ко мне.

Она вовсе не разделяла чрезмерной веселости своего коллеги. Бледная и суровая, она подозвала меня к себе.

— Что это такое? — спросила она меня, тыча пальцем в какую-то строчку.

Я прочитала:

— Это счет GmbH, датированный...

— GmbH? GmbH? — закричала она.

Сорок бухгалтеров дружно расхохотались. Я ничего не понимала.

— Объясните, что это такое — GmbH? — потребовала моя начальница, скрестив руки на груди.

— Это немецкая фирма по производству бытовой химии, с которой у нас тесные коммерческие связи.

Раздался еще более оглушительный хохот.

— Разве вы не заметили, что перед GmbH всегда стоит какое-нибудь название? — продолжала свой допрос Фубуки.

— Да. Я думала, что это названия филиалов этой фирмы, и решила не загромождать книгу учета излишними деталями.

Даже всегда скованный и напряженный господин Сайто хохотал от всей души. И только одна Фубуки не смеялась. Лицо ее выражало с трудом сдерживаемый гнев. Если бы она могла дать мне пощечину, она с удовольствием сделала бы это. Пронзительным голосом, напоминавшим звон сабли, она закричала:

— Идиотка! Зарубите себе на носу, что GmbH — по-немецки означает то же самое, что Ltd по-английски и SA по-французски, акционерное общество. И все эти фирмы, которые вы так блистательно приписали к аббревиатуре GmbH, абсолютно не связаны между собой! Это все равно, как если бы вы тремя буквами Ltd назвали все американские, английские и австралийские компании, с которыми мы торгуем! Сколько мы потеряем теперь времени, чтобы исправить ваши ошибки!?

Я не придумала ничего лучше, как сказать в свою защиту:

— Ох уж эти немцы! Зачем им столько букв, если нам хватает всего двух?

— Вот как! Так это, может быть, немцы виноваты, что вы такая глупая?

— Успокойтесь, Фубуки, откуда мне было знать...

— Откуда вам знать? Ваша страна граничит с Германией, а вы не знаете того, что знаем мы, хотя живем на другом конце света!

И тут у меня чуть не вырвалась дерзость, от которой я, слава богу, удержалась: "Бельгия, может быть, и граничит с Германией, но во время Второй мировой войны Японию с Германией связывало нечто большее, чем общая граница".

Я подумала это про себя, а сама с виноватым видом опустила голову, ожидая приговора моей суровой начальницы.

— Что вы тут стоите, как столб?! Несите сюда все счета, которые вы целый месяц так гениально записывали в отдел химии!

Я открыла ящик и чуть не расхохоталась: отдел химии действительно раздулся у меня до неимоверных размеров и во много раз превышал все прочие отделы компании.

Господин Унадзи, Фубуки Мори и я втроем взялись за работу. И нам понадобилось три дня, чтобы привести в порядок все одиннадцать книг учета. Я и без того чувствовала себя виноватой, а тут разразился еще более громкий скандал.

Когда я увидела, что массивные плечи господина Унадзи снова заколыхались, я восприняла это как тревожный симптом: это означало, что сейчас его опять начнет разбирать смех. Вибрация охватила его грудную клетку, а затем и шею. И тут раздался хохот, от которого у меня мурашки побежали по телу.

Фубуки, мгновенно побледневшая от ярости, спросила:

— Что она *еще* натворила?

Господин Унадзи показал ей какой-то счет и одновременно книгу учета.

Она закрыла лицо руками. При одной мысли, что меня ожидает, к горлу подступила тошнота.

Они листали страницы и отмечали разные счета. Затем Фубуки потянула меня за руку к столу и молча сунула мне под нос цифры расходов, вписанные моим немыслимым почерком.

— Вы не способны правильно переписать сумму, если в ней больше четырех нулей. Каждую сумму вы произвольно увеличиваете или уменьшаете по крайней мере на один ноль!

— Надо же, я и сама теперь это вижу.

— Вы понимаете, что натворили? Сколько недель нам понадобится, чтобы выявить все ваши ошибки и внести исправления?

— Но с этими бесконечными нулями так легко запутаться...

— Заткнитесь!

Она схватила меня за руку и потащила вон из нашего офиса. Втолкнув меня в пустой кабинет, она закрыла дверь и начала свой допрос:

— Вам не стыдно?

— Очень стыдно, — сказала я жалобно.

— Нет, не стыдно! Вы что, думаете, я дура? Вы нарочно сделали столько идиотских ошибок, чтобы отомстить мне!

— Нет! Клянусь вам!

— Не клянитесь! Вы разозлились на меня за то, что я донесла на вас за вашу работу на отдел молочных продуктов, и решили выставить меня на всеобщее посмешище!

— Это я себя выставила на посмешище, а не вас.

— Я ваша непосредственная начальница, и все знают, что это я определила вас на эту должность. Значит, я несу ответственность за все ваши действия. И вы это знаете. Вы ведете себя так же подло, как все западные люди: ваши личные амбиции вам дороже интересов компании. Чтобы отомстить мне, вы пошли на саботаж и решили сорвать работу бухгалтерии, зная, что ответственность за это ляжет на меня!

— Ничего такого не было! Я ошиблась совсем не нарочно!

— Не отпирайтесь! Я знаю, что сообразительностью вы не отличаетесь, но даже последняя дура не сделает таких ошибок!

— А вот я сделала.

— Хватит! Я знаю, что вы лжете.

— Фубуки, честное слово, это получилось нечаянно.

— Честное слово! Что вы знаете о чести? — воскликнула она с презрительным смехом.

— Представьте себе, что понятие чести существует и на Западе.

— Вот как! И вы считаете делом чести признавать себя последней дурой?

— Не думаю, что я такая уж дура.

— Вы или предательница, или умственно отсталая. Одно из двух.

— Я — ни то и ни другое. Бывают вполне нормальные люди, которые не способны переписывать бесконечные колонки цифр.

— В Японии таких людей нет.

— Кто же решится оспаривать японское превосходство? — сказала я, изображая раскаяние.

— Если у вас с головой не все в порядке, следовало меня предупредить. Я бы не поручала вам эту работу.

— Я не знала, что у меня не все в порядке с головой. До сих пор мне не приходилось переписывать столько цифр.

— У вас очень странная психическая болезнь. Эти цифры может переписать любой дурак.

— Просто это свойство людей моего склада: если наш мозг не востребован, он погружается в спячку. Отсюда все мои ошибки.

Воинственное выражение лица сменилось у Фубуки веселым удивлением:

— Ах, так ваш мозг засыпает, не будучи востребованным? Какая оригинальная мысль!

— По-моему, самая банальная.

— Хорошо. Я придумаю для вас работу, которая разбудит ваш мозг, — со злорадным смешком произнесла моя начальница.

— Могу я пока помочь господину Унадзи исправить допущенные мною ошибки?

— Ни в коем случае! Вы и так уже причинили нам слишком много вреда!

Не знаю, сколько времени потребовалось моему злосчастному коллеге, чтобы навести порядок в той путанице, которую я устроила в книгах учета. Но Фубуки Мори хватило всего двух дней, чтобы придумать мне работу, соответствующую, на ее взгляд, моему умственному развитию.

Придя утром на работу, я увидела на своем столе огромную папку с документами.

— Вы должны проверить командировочные отчеты наших сотрудников, — сказала Фубуки.

— Опять бухгалтерская работа? Но я же объяснила, что совершенно к ней не способна.

— Зато эта работа разбудит ваш мозг, — ответила она с ехидной улыбкой.

Открыв папку, она стала объяснять мне задание:

— Вот, к примеру, финансовый отчет господина Сираная о его расходах во время командировки в Дюссельдорф. Вы должны перепроверить все счета, и если выявится хотя бы малейшая неточность, ее нужно учесть при возмещении его расходов. Поскольку большую часть счетов он оплачивал в марках, вам придется выяснить, каков был курс марки на день оплаты. Не забывайте, что курс меняется ежедневно.

Наступили самые кошмарные дни в моей жизни. Время для меня будто остановилось, и жизнь превратилась в бесконечную пытку. Сколько я ни пересчитывала, мой результат ни разу даже приблизительно не совпал с теми суммами, которые я должна была проверять. Например, если по расчетам сотрудника "Юмимото" компания обязана была возместить ему потраченные 93 327 иен, то у меня получалась совсем другая сумма — 15 211 или 172 045 иен. И очень скоро я поняла, что ошибается вовсе не сотрудник компании, а я. Безуспешно промучившись весь первый день, я перед уходом сказала Фубуки:

— Мне кажется, я не смогу выполнить это задание.

— Но ведь эта работа пробуждает мозг, — последовал ее невозмутимый ответ.

— Но у меня ничего не получается, — пожаловалась я.

— Ничего, освоитесь

Но я не освоилась. Было ясно, что, несмотря на все мои героические усилия, я абсолютно не способна справиться с подобными операциями.

Моя начальница взяла у меня папку, чтобы доказать, как это просто. Она принялась проверять счета, и ее пальцы с молниеносной быстротой забегали по кнопкам калькулятора, на которые она даже не смотрела. Потратив на это менее четырех минут, она объявила:

— Мой результат с точностью до одной иены совпал с итоговой суммой господина Сайтамы.

И она поставила свою печать на его отчет.

Подавленная очередным подтверждением своей неполноценности, я снова взялась за непосильную для меня работу. Промаявшись двенадцать часов кряду над одним из отчетов, я так и не пришла ни к какому результату, в то время как Фубуки справилась с такой же работой всего за три минуты пятьдесят секунд.

Не знаю, сколько прошло дней, когда она заметила, что я еще не проверила ни одного отчета.

— Ни одного! — воскликнула она.

— Ни одного, — печально согласилась я, ожидая новой кары.

Но она лишь показала на календарь и строго напомнила:

— Не забывайте, что вы должны закончить эту работу к концу месяца.

Уж лучше бы она накричала на меня.

Прошло еще несколько дней. Моя жизнь превратилась в сущий ад: я без конца считала и пересчитывала столбики цифр, получая каждый раз совершенно новый результат, с бесконечными десятыми и сотыми долями. В моем мозгу все эти длинные цифры смешались в общую кашу, и я уже не могла отличить одни от других. Решив, что у меня нелады со зрением, я обратилась к окулисту, но он объявил, что с глазами у меня все в порядке.

Цифры, которые всегда восхищали меня своей пифагорейской величественной красотой, стали моими злейшими врагами. Калькулятор тоже норовил мне все время напакостить.

Мало того, что Фубуки и без того считала меня умственно неполноценной, у меня вдруг выявился загадочный синдром: стоило мне больше пяти минут поработать с калькулятором, как возникало ощущение, что рука движется в каком-то липком вареве, словно опущенная в густое картофельное пюре. Четыре пальца полностью немели. И только указательный еще слегка шевелился и с непонятной для посторонних глаз медлительностью неуклюже нажимал на кнопки.

Прибавьте к этому мою редкостную невосприимчивость к цифрам, и вы легко вообразите, как плачевно я выглядела. Каждая новая цифра повергала меня в такое же изумление, какое испытал на своем необитаемом острове Робинзон, встретив там Пятницу. Пребывая в полной оторопи, я непослушной рукой еще должна была ввести эту цифру в калькулятор. А глаза тем временем непрерывно перебегали с бумаги на экран и обратно, чтобы по дороге не потерять ни одной запятой или нуля. Самое странное, что, несмотря на все мое сверхтщание, я ухитрялась делать чудовищные ошибки.

Однажды, когда я вот так с грехом пополам тюкала по калькулятору, я подняла глаза и поймала удивленный взгляд моей начальницы.

— Что с вами? — спросила она.

Чтобы объяснить ей свое состояние, я рассказала ей о синдроме картофельного пюре, который сковывал мою руку. Я надеялась вызвать у нее сочувствие.

Но в ответ на мои откровения в ее прекрасных глазах я прочитала: "Я так и думала: она просто слабоумная, и ничего больше".

Месяц подходил к концу, а работы все не убывало.

— Вы действительно не симулируете? — спросила меня Фубуки.

— Ну конечно же нет.

— И много таких... людей, как вы, в вашей стране?

Я была первой бельгийкой, с которой ей довелось встретиться. Внезапный приступ национальной гордости побудил меня ответить чистую правду:

— Ни один бельгиец не похож на меня.

— Это звучит утешительно.

Я засмеялась.

— Что тут смешного?

— Фубуки, неужели вам никогда не объясняли, что неблагородно обижать умственно отсталых людей?

— Объясняли. Но меня не предупредили, что такой человек окажется среди моих подчиненных.

Меня это развеселило еще больше.

— Не понимаю, что тут смешного.

— А это одно из проявлений моего слабоумия.

— Концентрируйтесь лучше на работе.

Когда наступило двадцать восьмое число, я сказала:

— С вашего разрешения я останусь здесь на ночь.

— Ваш мозг лучше работает по ночам?

— Будем надеяться, что это так. Может быть, в более трудных условиях он наконец мобилизуется.

Она не возражала. Когда подходили сроки, сотрудники отдела нередко работали по ночам.

— Думаете, одной ночи вам хватит?

— Нет, конечно. Буду ночевать здесь до тридцать первого.

Я показала ей свой рюкзак:

— Я захватила с собой все самое необходимое.

Когда я в полном одиночестве осталась в компании "Юмимото", меня охватило счастливое опьянение. Но оно быстро улетучилось, как только я обнаружила, что ночью мой мозг функционирует совсем не лучше, чем днем. Я рьяно взялась за работу, но мое рвение не принесло никаких результатов.

В четыре утра я пошла в туалет, чтобы наскоро умыться и переодеться. Затем выпила крепкого чая и села за свой стол. В семь утра появились первые сотрудники. Фубуки пришла на час позже. Она взглянула на ящик, куда я должна была складывать уже проверенные счета, и убедилась, что он по-прежнему пуст. Она покачала головой.

Я провела еще одну бессонную ночь на рабочем месте. Однако и она ничего не изменила. В голове был сплошной туман, но я вовсе не впала в отчаяние. Напротив, я чувствовала необъяснимый прилив оптимизма и даже несколько осмелела. Поэтому, не прерывая бухгалтерских операций, я заводила со своей начальницей разговоры, не имеющие никакого отношения к работе:

— Ваше имя, означающее "снежная буря", подразумевает снег. А мое имя в японской транскрипции означает "дождь". В этом есть что-то символическое. Мы с вами так же непохожи друг на друга, как снег и дождь. Но при этом мы состоим из одного и того же вещества.

— Неужели вы полагаете, что между вами и мной может быть хоть что-то общее?

В ответ я лишь смеялась. От бессонницы на меня напала странная смешливость. И приступы усталости и даже отчаяния временами сменяла необъяснимая веселость.

Я, как Данаиды, тщетно пыталась наполнить бездонную бочку цифрами, неумолимо утекавшими из моей дырявой головы. Я была Сизифом бухгалтерского дела и подобно мифическому герою не поддавалась отчаянию, берясь в сотый, в тысячный раз за непосильные подсчеты. Между прочим, отмечу свой поистине уникальный дар: я ошибалась тысячу раз, и это было бы мучительно, как надоевший мотив, но всякий раз я ошибалась по-новому и получала тысячу разных ответов. Ну, разве это не гениально?

Время от времени, в промежутке между очередным сложением и вычитанием, я поднимала голову, чтобы полюбоваться женщиной, которая обрекла меня на эту пытку. Ее красота завораживала меня. Мне лишь не нравились ее неизменно строгая прическа и ровно подстриженные полудлинные волосы, которые означали: "Я — executive woman"[1].

Я придумала чудесную игру: мне нравилось мысленно лохматить ей волосы. Я отпускала на свободу эту роскошную, черную как смоль шевелюру. Воображая, что запускаю в нее пальцы, я придавала ей очаровательную небрежность. Иногда я чересчур увлекалась и приводила волосы Фубуки в такой беспорядок, словно она только что пробудилась после ночи безумной любви. Растрепанная, она выглядела просто божественно.

Однажды Фубуки прервала меня в ту минуту, когда я в воображении как раз предавалась парикмахерскому искусству:

— Почему вы на меня так смотрите?

— Я думала о том, что "волосы" и "бог" по-японски звучат совершенно одинаково.

— Не забывайте, что и бумага звучит точно так же. Займитесь-ка лучше бумагами.

С каждым часом мое умопомрачение возрастало. Я уже совсем не соображала, что можно, а чего нельзя говорить. Когда я пыталась

---

1 Я — женщина-руководитель *(англ). (Здесь и далее — прим. перев.)*

найти курс шведской кроны на 20.02.1990 года, мой рот вдруг заговорил против моей воли:

— Кем вы хотели стать, когда были маленькой?

— Чемпионкой по стрельбе из лука.

— Как бы вам это подошло!

Не дождавшись от Фубуки встречного вопроса, я все равно решила рассказать о себе:

— А я, когда была совсем маленькая, хотела стать Богом. Христианским Богом с большой буквы. К пяти годам я поняла, что это несбыточная мечта. Пришлось поумерить свои амбиции, и тогда я решила стать Иисусом Христом. Я воображала, как буду умирать на кресте на глазах у всего человечества. В семь лет пришлось отказаться и от этой мечты. Тогда я решила удовлетвориться более скромной участью и стать мученицей. Много лет я старалась стать мученицей. И опять у меня ничего не получилось.

— А что было дальше?

— Вы же знаете: я стала бухгалтером в компании "Юмимото". И ниже опускаться мне уже некуда.

— Вы так думаете? — сказала Фубуки со странной улыбкой.

Наступила ночь с тридцатого на тридцать первое. Фубуки уходила из отдела последней.

Я думала: почему она меня не увольняет? Разве не ясно, что я не смогу выполнить и сотой части ее задания?

Я снова осталась одна. Это была уже третья бессонная ночь, которую я проводила в огромном офисе. Я стучала по калькулятору и записывала все более и более невразумительные результаты.

И тут случилось чудо: мой дух вырвался из оков реальности.

Ничто теперь не удерживало меня на месте. Я встала. И ощутила невероятную свободу. Никогда в жизни я еще не была так свободна, как в ту ночь. Я направилась к окну, нависшему над бездной. Далеко-далеко внизу подо мной сверкал огнями город. Я возвышалась над миром. Я чувствовала себя Богом. И выбросила из окна свое тело, чтобы оно не мешало духу.

Я погасила неоновые лампы. Мне хватало далеких городских огней. Пошла на кухню, взяла бутылку кока-колы и выпила ее залпом. Вернувшись в бухгалтерию, сбросила туфли. А потом вскочила на письменный стол и стала перепрыгивать с одного стола на другой, издавая при этом радостные крики.

Я ощущала себя такой невесомой, что даже одежда казалась мне чересчур тяжелой.

Я стала сбрасывать ее, раскидывая вокруг себя. Раздевшись догола, я тут же легко встала на руки, вверх ногами — хотя до сего момента у меня это ни разу в жизни не получалось. Теперь, уже на руках, я принялась прыгать со стола на стол. А затем, совершив головокружительное сальто, приземлилась на рабочем столе моей начальницы.

Фубуки, я Бог. Даже если ты не веришь в меня, я Бог. Да, ты командуешь мною, но это ничего не значит. Это я царю над миром. Но меня интересует не власть. Царить — это больше, чем властвовать. Ты даже не догадываешься о моей славе. Слава — вот что самое прекрасное. Слышишь, как ангелы трубят в мою честь? Никогда еще я не достигала такой славы, как этой ночью. И все это — благодаря тебе. Если бы ты знала, что работаешь на мою славу!

Понтий Пилат тоже не знал, что работает на бессмертие Христа. Тот Христос стоял в Гефсиманском саду среди олив, а я — Христос среди компьютеров. В темноте меня обступал густой компьютерный лес.

Фубуки, я смотрю на твой компьютер. До чего же он громадный и великолепный! В ночном сумраке он похож на каменное божество с острова Пасхи. Миновала полночь, и наступила пятница, моя Страстная пятница, день Венеры у французов, день золота у японцев. Вот только не знаю, как мне связать воедино иудео-христианское мученичество, древнеримское вожделение и японское преклонение перед стойким металлом.

С того дня, как я покинула мирскую жизнь и приступила к выполнению полученного задания, время утратило смысл и застыло в калькуляторе, на котором я отстукиваю бесконечные цифры с ошибками. Я верю, что наступила Пасха. С вершины своей Вавилонской башни я вижу парк Уэно и его деревья, окутанные снежным облаком, — это вишни в цвету: ну конечно же это Пасха.

Рождество нагоняет на меня тоску, а Пасха — радует. Меня подавляет Бог, который является в образе дитяти. А вот несчастный страдалец, превращающийся в Бога, — это уже совсем другое дело. Я заключаю в объятия компьютер Фубуки и покрываю его поцелуями. Я тоже несчастная мученица, распятая на кресте. Распятие мне нравится тем, что это конец. Конец моим страданиям. Они вколотили в мое тело столько цифр, что не осталось места даже для какой-нибудь одной сотой или тысячной. И когда мне отрубят саблей голову, я уже ничего не почувствую.

Как важно знать заранее, когда ты умрешь. Можно постараться и превратить свой последний день в произведение искусства. Утром, когда придут мои палачи, я скажу им: "У меня ничего не получилось! Убейте меня! Но исполните мою последнюю волю: я хочу принять смерть от рук Фубуки. Пусть она открутит мне голову, как крышку перечницы. И моя кровь хлынет черным перцем. Так примите и ядите его, ибо сие есть мой перец, просыпанный за вас и за многих, перец нового завета. И все вы чихнете в память обо мне".

Тут я почувствовала, что окоченела. Напрасно я все крепче обнимаю компьютер — это не согревает меня. Я одеваюсь. Но зубы продолжают стучать от холода. Тогда я ложусь на пол и опрокидываю на себя содержимое корзины для мусора. Сознание покидает меня.

Я слышу, как кто-то называет меня по имени. Открываю глаза и вижу, что лежу под мусором. Я снова закрываю их.

И опять проваливаюсь в бездну.

Затем до меня доносится нежный голосок Фубуки:

— Это в ее репертуаре. Она опрокинула на себя мусор, чтобы до нее никто не дотрагивался. Она сама пожелала стать неприкасаемой. Ей нравится себя унижать. У нее нет никакого чувства собственного достоинства. Когда я говорю ей, что она глупая, она отвечает, что не просто глупая, а слабоумная. Она все время нуждается в самоуничижении. Полагает, что это дает ей право не соблюдать никаких правил. Но она ошибается.

Я хочу объяснить, что просто замерзла и поэтому высыпала на себя бумаги из корзины. Но не могу произнести ни слова. По крайней мере, под отбросами компании "Юмимото" мне тепло и уютно. Я снова отключаюсь.

Понемногу я начинаю понимать, что лежу под скомканными черновиками, пустыми бутылками, окурками, намокшими от кока-колы, и вижу часы, которые показывают десять утра.

Я встаю. Все отводят от меня глаза. Все — кроме Фубуки, которая холодно говорит:

— Когда вам в следующий раз захочется поиграть в побирушку, найдите для этого другое место. Например, метро.

Сгорая со стыда, я беру свой рюкзак и проскальзываю в туалет, где переодеваюсь и мою голову под краном. К моему возвращению уборщица уже уничтожила все следы моего ночного безумия.

— Я хотела убрать сама, — говорю я смущенно.

— Да, с этим, я думаю, вы бы справились, — язвит Фубуки.

— Вы, наверное, намекаете на проверку счетов, с которой я не справилась. Да, вы правы: это слишком трудное для меня задание. И я торжественно заявляю, что отказываюсь от этой работы.

— Долго же вы собирались это признать, — иронизирует Фубуки.

"Ну конечно, — думаю я, — ей хотелось, чтобы я сама это признала. Ведь это гораздо более унизительно".

— Прозрение наступило вчера вечером, — продолжаю я вслух.

— Дайте мне папку.

Она быстро проверяет все счета. У нее уходит на это всего двадцать минут.

Этот день я проживаю как зомби. В горле першит. Мой рабочий стол завален листками с ошибочными расчетами. Я выбрасываю их в корзину.

Когда я вижу, как Фубуки работает за своим компьютером, мне хочется смеяться. Я вспоминаю, как ночью совершенно голая сидела на ее клавиатуре, обхватив монитор руками и ногами. А теперь эта молодая женщина пальцами касается клавишей, к которым прижималось мое тело. В первый раз в жизни информатика пробуждает во мне какие-то чувства.

Нескольких часов сна под мусором явно недостаточно, чтобы голова очистилась от мешанины из нескончаемых цифр. Я барахтаюсь в этом тумане и пытаюсь отыскать в своем мозгу островки, не затронутые умопомрачением.

И при этом блаженствую: впервые за долгие недели мне не надо стучать по кнопкам калькулятора.

Я заново открываю мир без цифр. Встречаются же неграмотные люди, значит, могут существовать и безнадежно неарифметичные особи вроде меня.

Я вернулась к обычной жизни. Как ни странно, но после моей сумасшедшей ночи все потекло так, будто ничего особенного не случилось. Никто ведь не видел, как я голая скакала по столам, прыгала на руках вверх ногами и страстно целовала невинный компьютер. Правда, меня нашли спящей под мусором. В других странах, возможно, за подобное поведение меня выгнали бы с работы. А здесь сделали вид, будто ничего не произошло.

И в этом есть своя логика: системы наиболее авторитарные провоцируют и самые непредсказуемые отклонения в человеческой психике, поэтому в таких странах достаточно терпимо относятся к безумным выходкам своих сограждан. Если вам не доводилось встречаться с японскими чудаками, вы не знаете, что такое настоящие чудаки. Я спала под мусором? Здесь видали и не такое.

В Японии хорошо знают, что такое "сломаться".

Я опять изображала полезную деятельность. Не могу передать, с каким наслаждением я снова взялась готовить для всех чай и кофе: эта незатейливая процедура совершенно не отягощала мой измученный разум и способствовала его исцелению.

Стараясь вести себя самым скромным и незаметным образом, я начала вновь присматривать и за календарями. Я пыталась постоянно создавать видимость занятости, потому что больше всего на свете боялась, как бы меня опять не усадили за цифры.

И тут случилось неожиданное: я встретила Бога. Однажды наш гнусный вице-президент, которому не терпелось разжиреть еще больше, потребовал, чтобы я принесла ему пива. С вежливым отвращением я выполнила его приказ. Когда я выходила из его логова, дверь соседнего кабинета открылась, и я нос к носу столкнулась с президентом.

Мы удивленно взглянули друг на друга. Мое удивление было вполне естественно: наконец-то мне довелось собственными глазами лицезреть Бога "Юмимото". А чему удивился он, было непонятно: знал ли он вообще о моем существовании? По-видимому, знал, поскольку голосом, на редкость мягким и красивым, воскликнул:

— Вы, конечно, Амели-сан!

И с улыбкой протянул мне руку. Я была так ошеломлена, что не могла вымолвить ни слова. Господину Ханэде на вид было около пятидесяти, он был строен и элегантен, а черты его поражали своей утонченностью. Его окружала аура безграничной доброты и гармонии. Он смотрел на меня с таким искренним дружелюбием, что от растерянности я окончательно утратила дар речи.

Он пошел по своим делам, а я, словно пригвожденная, застыла на месте. Кто бы мог подумать, что президент и хозяин этой камеры пыток, этого ада, где меня ежедневно подвергают всевозможным унижениям и где я вызываю всеобщее презрение, — такой изумительный человек и такая благородная душа!

Я ничего не могла понять. Ведь предприятие, возглавляемое таким прекрасным человеком, должно быть подлинным раем для его сотрудников и оазисом всеобщего благоденствия и доброты. В чем же тут загадка? Разве возможно, чтобы Бог управлял адом? Я все еще пребывала в оцепенении, когда жизнь сама дала ответ на мой вопрос. Дверь вице-президента открылась, и раздался злобный рев пузана Омоти:

— Что вы тут торчите? Вам платят не за то, чтобы вы болтались по коридорам!

Все стало ясно: в компании "Юмимото" президент — Бог, а вице-президент — Дьявол.

А Фубуки? Кто она? Бог или Дьявол? Ни то ни другое. Она — японка.

Японки в массе своей не отличаются красотой. Но уж если вам встретится японская красавица, то держитесь!

Прекрасное всегда волнует. Но от японской красавицы дух захватывает вдвойне. Эта молочная белизна лица, эти пленительные глаза, прелестный носик с изящными тонкими крыльями, четко обрисованные губы, особая нежность черт затмят любое самое красивое лицо.

Плюс изысканные манеры, которые превращают японку в произведение искусства, недоступное человеческому разумению.

[78]

Наконец, или прежде всего, эта красота волнует потому, что сумела противостоять всем видам корсетов, физических и моральных, непрестанному принуждению и подавлению, абсурдным запретам, удушающим догмам, отчаянию, садизму, бесконечным унижениям, явным и неявным. Такая красота — чудо героизма.

Только не подумайте, что японка — жертва. Ничего подобного. Среди женщин нашей планеты она отнюдь не самая обездоленная. Как я сама убедилась, она даже обладает немалой властью.

Но уж если мы восхищаемся японкой, то в первую очередь должны восхищаться тем, что она еще не покончила с собой. С самого раннего детства в японке убивают все, что в ней есть лучшего. С утра до вечера ей вдалбливают наиглавнейшие жизненные истины: "Если к двадцати пяти годам ты не выйдешь замуж, то покроешь себя позором; если ты смеешься, тебе не стать изысканной женщиной; если твое лицо выражает какие-либо чувства, значит, ты вульгарна; если признаешься, что у тебя растет хотя бы один волосок на теле, ты непристойна; если молодой человек поцелует тебя в щеку на людях, значит, ты шлюха; если ешь с удовольствием, ты свинья; если спишь с удовольствием, ты корова" и т. д.

Эти заповеди могут показаться смешными, но здесь их воспринимают слишком серьезно. В конечном счете, с помощью этих нелепейших догм японке внушают, что ей нечего надеяться в жизни на что-то хорошее. Не надейся испытать хоть раз наслаждение, потому что это уронит твое достоинство. Не надейся влюбиться, потому что сама не заслуживаешь того, чтобы в тебя влюблялись: если даже кто-то тебя и полюбит, то в действительности он полюбит не тебя, а ту женщину, какой ты кажешься. Не надейся получить что-либо от жизни, она будет только все отнимать у тебя. Не надейся даже на обыкновенный покой, потому что не имеешь права на отдохновение.

Зато можешь надеяться, что найдешь себе работу. Поскольку ты женщина, у тебя немного шансов сделать карьеру, но у тебя есть надежда всю жизнь верно прослужить своему предприятию. Если будешь работать, сможешь накопить денег, которые не принесут тебе никакой радости. Но они пригодятся тебе в случае замужества — ведь ты же не так глупа, чтобы поверить, что кто-то захочет тебя только за твою красоту.

Можешь также надеяться дожить до унылой старости и не познать бесчестья, которое хуже смерти.

Это все, на что ты имеешь право наде-яться.

Дальше я перечислю твои бесконечные обязанности. Ты должна быть безупречна во всем — хотя бы потому, что это дается про-ще всего. Безупречность ради безупречнос-ти, которая не тешит гордости и не достав-ляет радости.

Нет, мне никогда не перечислить все твои обязанности, потому что каждая минута твоей жизни подчинена суровому долгу. Даже если ты удаляешься в туалет, чтобы опорожнить мочевой пузырь, ты должна сле-дить, чтобы никто не услышал журчания тво-его ручейка, и ради этого вынуждена без кон-ца спускать воду.

Я специально привела этот пример, что-бы ты задумалась: если даже самые интим-ные отправления твоего организма подчи-нены строгому диктату, от скольких же запретов ты страдаешь в более важные мо-менты жизни?

Ты проголодалась? Но тебе дозволено лишь едва прикасаться к пище, потому что ты обязана быть тонкой, как тростинка. Однако не надейся, что на улице будут с восхищени-ем смотреть тебе вслед — никто даже не огля-нется на тебя. Ты должна оставаться строй-ной только потому, что толстеть — стыдно.

Быть красивой — твой святой долг. Если тебе это удастся, твоя красота не принесет тебе никакого удовлетворения — разве что комплименты западных мужчин, которые славятся в Японии своим плохим вкусом. Если ты любуешься собою в зеркале, то не ради удовольствия, а из страха утратить свою красоту. Даже если ты красавица, тебе будет трудно преуспеть, а если ты не красавица, то тебе ничего не добиться в жизни.

Твой долг — выйти замуж, предпочтительно до двадцати пяти лет, пока не перезреешь. Не надейся, что муж одарит тебя любовью, если только это не какой-нибудь чокнутый, но что за радость — быть любимой чокнутым? Однако любит он тебя или нет — ты все равно об этом никогда не узнаешь. В два часа ночи усталый и зачастую пьяный мужчина будет заваливаться в супружескую постель, а в шесть утра уходить из дома, не сказав тебе на прощание ни единого слова.

Твой долг — рожать детей, которых ты будешь баловать, как маленьких божков, пока им не исполнится три года, а затем ты изгонишь их из рая, чтобы подвергнуть бесконечной муштре, и эта казарменная жизнь будет длиться для них с трех до восемнадцати лет и после двадцати пяти лет — до самой смерти. Ты обязана производить на свет детей, которые станут тем несчастнее, чем счастливее были для них первые три года жизни.

Тебе все это кажется ужасным? Не ты первая, кто так думает. Твои юные соотечественницы пришли к такому выводу еще в 1960 году. И как видишь, с тех пор ничего не изменилось. Многие твои ровесницы пытались бунтовать. Возможно, и ты попытаешься возмутиться в возрасте от восемнадцати до двадцати пяти лет — это будут самые свободные годы в твоей жизни.

Но когда тебе стукнет двадцать пять, ты опомнишься: ведь ты все еще не замужем, а это стыдно. Эксцентричные наряды ты сменишь на аккуратненький костюмчик, белые колготки и узенькие лодочки, а свою роскошную шевелюру обрежешь ради банальной укладки и будешь до смерти рада, если хоть кто-то, муж или начальник, еще захочет тебя.

Если случится маловероятное и на тебе женятся по любви, ты будешь еще более несчастна и обречешь своего мужа на страдания. Скорее всего, ты выйдешь за него без любви и будешь с полным равнодушием наблюдать, как рушатся его мечты, которые он лелеял до женитьбы. Быть может, из него не вышибли надежду, что он встретит женщину, которая полюбит его. Но очень скоро он убедится, что ты его не любишь. Да и как ты можешь кого-то любить, если твое сердце сковано всевозможными догмами и запретами, которые в тебя вбивали с раннего детства? Если ты вдруг кого и полюбишь — значит, тебя плохо воспитали. В первые дни после свадьбы ты будешь старательно притворяться. И тут тебе нужно отдать должное — ни одна женщина в мире не умеет столь искусно притворяться, как ты.

Твой долг — жертвовать собой ради других. Но не надейся, что твое самопожертвование принесет кому-то счастье. Ничего подобного. Просто твоим близким не придется краснеть за тебя. У тебя нет никаких шансов стать счастливой или осчастливить другого человека.

Если же тебе удастся избежать предписанной тебе судьбы, не спеши радоваться: лучше сделай вывод, что совершила ошибку. Впрочем, ты довольно скоро поймешь, что твоя победа слишком обманчива и недолговечна. И не вздумай наслаждаться недолгим счастьем: подобную нерасчетливость оставь западным людям. Мгновение — это ничто, твоя жизнь — тоже ничто. Любой временной промежуток меньше десяти тысяч лет — ничто.

Если сможешь смириться с этим, никто не будет думать, что ты глупее мужчины. Ты просто блистательна, это сразу бросается в глаза, в том числе и тем, кто тебя унижает. Но может ли это служить утешением? Если бы тебя хоть считали менее умной и способной, чем мужчина, твой ад был бы оправдан. В этом случае ты смогла бы вырваться из него, если бы сумела по законам логики доказать превосходство своего ума. Однако тебя признают равной, и даже более достойной, а потому твой ад абсурден, и тебе из него не вырваться никогда.

Хотя есть один выход. Один-единственный, чтобы вырваться из ада, которым является твоя жизнь. И ты имеешь полное право им воспользоваться, если по глупости еще не приняла христианства. У тебя есть право покончить с собой. Известно, что в Японии это считается высочайшей доблестью. Только не надейся обрести после этого благостный рай, который обещают западные утешители. Там, по ту сторону, тоже нет ничего хорошего. Поэтому радуйся тому, что заслужишь посмертную славу. Если ты убьешь себя, она будет величественно-прекрасной, и твои близкие будут гордиться тобой. И в семейном склепе тебе выделят самое почетное место, о чем только и мечтает каждый смертный.

Ты можешь и не убивать себя. Но тогда, рано или поздно, ты все равно не выдер-

жишь и тебе не миновать самого страшно-
го — бесчестья, потому что ты непременно
заведешь любовника или предашься обжор-
ству или лени — кто знает, что тебя ждет?
Ведь нам слишком хорошо известно, что
люди вообще, а женщины в частности, сколько бы ни держали себя в ежовых рукавицах,
в конце концов неизбежно уступают какой-
нибудь из этих слабостей, связанных с плот-
скими удовольствиями. Если мы и пренебре-
гаем ими, то отнюдь не из пуританства: оно
вовсе не является у нас навязчивой идеей,
как у американцев.

На самом деле плотских наслаждений мы
избегаем, чтобы не потеть. Нет ничего более постыдного, чем пот. Если ты с аппети-
том ешь обжигающе горячую лапшу, если
предаешься неистовому сексу, если зимой
дремлешь у печки, то непременно вспоте-
ешь. И все увидят, как ты вульгарна.

Ни минуты не сомневайся, если тебе пред-
стоит сделать выбор: покончить с собой или
вспотеть. Пролить свою кровь — это так же
прекрасно, как потеть — отвратительно.
Если ты убьешь себя, ты уже никогда не вспо-
теешь, и все твои тревоги уйдут в вечность.

Не думаю, что судьба японского мужчины
намного счастливее. Мне кажется, ему жи-

вется даже еще труднее. Японка, по крайней мере, может выйти замуж и вырваться из ада общественного, то есть уйти с работы. А навсегда распроститься с японским предприятием — это, по-моему, уже счастье.

И все же японца не так душат с детства, как японку. В нем не разрушают до конца всех идеалов. Ему удается сохранить одно из важнейших прав человека — право надеяться и мечтать. И он не спешит с ним расстаться. Ему нравится выдумывать несуществующие волшебные миры, где он свободен и всесилен.

Хорошо воспитанная японка лишена даже такого воображаемого, но спасительного прибежища — и подобных женщин в Японии большинство. У них с детства полностью ампутирована эта главная человеческая способность. Вот почему я безгранично восхищаюсь каждой японкой, которая еще не покончила с собой. Жизнь японки — это бескорыстный и возвышенный акт мужества.

Я предаюсь этим мыслям, глядя на Фубуки.

— Можно узнать, чем вы заняты? — спрашивает она резким тоном.

— Мечтаю. С вами никогда такого не случается?

TRE: ????? ? ?????? : ?????
TEUR: Nothomb, Amélie, 1967-
DEBARRES: 32777051456742
TOUR LE: 13-07-02

TRE: I prichl pauk
TEUR: Patterson, James, 1947-
DEBARRES: 32777052707440
TOUR LE: 13-07-02

TRE: Zavist'; In Tolstiaka ; Rasskazy
TEUR: Olesha, Iuri Karlovich, 1899-196
DEBARRES: 32777041714341
TOUR LE: 13-07-02

— Никогда.

Я улыбаюсь. У господина Сайто только что родился второй ребенок, мальчик. Благодаря замечательной особенности японского языка здесь можно придумывать какие угодно имена, используя для этого любую часть речи. Ну, разве это не странность (а таких странностей в японской культуре немало), что японки, которым отказано в праве мечтать, носят при этом имена, навевающие поэтические грезы? Ну, хотя бы такое имя, как Фубуки. Когда нужно придумать имя девочке, родители позволяют себе самый утонченный лиризм. Зато когда называют мальчиков, то ономастические опыты родителей зачастую приводят к нелепым и смешным результатам.

Господин Сайто не нашел ничего лучше, как выбрать для своего сына неопределенную форму глагола и назвать его Цутомэру, что означает "работать". Мне становилось смешно при одной только мысли о том, какой суровой жизненной программой вместо имени наградили этого мальчугана.

Я представляла себе, как через несколько лет этот ребенок будет возвращаться из школы, и мать будет кричать ему: "Работать! Начинай работать!" А вдруг ему не повезет, и его ждет участь безработного?

[88]   Фубуки была само совершенство, сама безупречность. Единственным ее недостатком было то, что в свои двадцать девять лет она еще не вышла замуж. Я не сомневалась, что для нее это больной вопрос. Хотя если задуматься, то эта красивая молодая женщина потому и не обзавелась до сих пор мужем, что была чересчур безупречна. Ведь она самоотверженно следовала главному правилу японской жизни, которое послужило именем для сына господина Сайто. В течение семи лет она полностью отдавалась работе. И не напрасно, так как добилась повышения, что крайне редко случается с представительницами ее пола.

Однако при таком распорядке жизни ей просто некогда было подумать о замужестве. Кто же упрекнет ее за то, что она слишком много работала? Для японца невозможно работать слишком много. Вот тут и обнаруживается явное противоречие в жизненных установках, которые здесь веками вырабатывали для женщин: если ты безупречна и самозабвенно трудишься на благо своего предприятия, но к двадцати пяти годам не успела выйти замуж, стало быть, ты небезупречна. В этой апории верх садизма сложившейся системы: следовать этой системе означает не следовать ей.

Стыдилась ли Фубуки своего затянувшегося девичества? Конечно. Она так стремилась к совершенству, что не могла хоть в чем-то нарушить предписанные ей правила. Были ли у нее любовники? Несомненно одно: эта несчастная надэсико не стала бы хвастаться такими грешками (надэсико, то есть гвоздика, — ностальгический символ юной японской девственницы). Вся жизнь Фубуки протекала на моих глазах, и вряд ли она могла улучить минутку даже для мимолетного приключения.

Я с интересом наблюдала, как она ведет себя с любым холостяком — привлекательным или безобразным, молодым или старым, обходительным или хамоватым, умным или глупым, — главное, чтобы он был не ниже ее по должности в своей или в нашей фирме. Стоило моей начальнице завидеть холостяка, как она сразу становилась приторно-слащавой. Ее руки при этом нервно теребили кожаный пояс, слишком широкий для ее осиной талии, и водворяли на место съехавшую на бок пряжку. А голос Фубуки звучал столь медоточиво, что напоминал жалобное стенание.

Эти заигрывания я называла про себя охотой на мужа. Было забавно наблюдать, как кривляется моя мучительница, унижая собственную красоту и свой пол. Но меня искренне огорчало, что все эти самцы, которых она отчаянно старалась завлечь в сети, совершенно не реагировали на ее ухищрения. Иногда мне хотелось как следует встряхнуть кого-нибудь из них и крикнуть:

"Эй ты, будь же хоть немного полюбезней! Ты что, не видишь, как она унижается ради тебя? Согласна, это ее не красит, но если бы ты видел, как она прекрасна, когда не кривляется! Пожалуй, даже слишком прекрасна для такого, как ты. Ты должен плакать от счастья, что тебя хочет такая жемчужина".

И одновременно меня так и подмывало сказать Фубуки:

"Прекрати свои жалкие ужимки! Неужели ты думаешь, что этот спектакль поможет тебе кого-то соблазнить? Знаешь, ты выглядишь куда более обворожительной, когда оскорбляешь меня и обращаешься со мной как с протухшей рыбой. Попробуй представить себе, что он — это я. Может быть, это тебе поможет. Говори с ним так, как говоришь со мной. Будь презрительной и высокомерной, обзывай его ничтожеством и слабоумным. И увидишь — он не останется к тебе равнодушным".

Но больше всего мне хотелось ей шепнуть:

"Подумай, а не лучше ли всю жизнь оставаться незамужней, чем связывать себя с такой кочерыжкой? По-моему, в тысячу раз лучше быть одной! Зачем тебе такой муж? И как ты можешь стыдиться, что не вышла за кого-то из этих мужчин? Ты, такая прекрасная, такая величественная! Ведь ты самый настоящий шедевр. К тому же почти все они ростом ниже тебя: разве это не знак? Ты слишком большой лук для этих убогих стрелков".

Стоило уйти мужчине, на которого охотилась Фубуки, как слащавое выражение мгновенно слетало с ее лица, сменяясь ледяной холодностью. При этом она нередко замечала мой ироничный взгляд и с ненавистью поджимала губы.

В одной из фирм, с которой торговала "Юмимото", работал двадцатисемилетний голландец по имени Пит Крамер. Увы, он не был японцем, но занимал пост, равный должности моей мучительницы. И поскольку рост у него был метр девяносто, я решила, что он вполне достойная партия для Фубуки. Когда он заходил в наш офис, на нее было жалко смотреть: она изо всех сил старалась привлечь его внимание, источая патоку и лихорадочно теребя свой пояс.

Это был славный и видный парень. Голландское происхождение сближало его с немецкой нацией, что в глазах японцев де-

лало более простительной его принадлеж-
ность к белой расе.

Однажды он мне сказал:

— Как вам повезло, что вы работаете с
Фубуки Мори. Она такая милая!

Забавно было услышать подобное призна-
ние. Я решила передать его моей коллеге, с
особым нажимом и несколько иронично
повторив его слова о том, что она "такая
милая". И добавила:

— Это значит, что он влюблен в вас.

Она изумленно взглянула на меня:

— Вы так думаете?

— Я уверена.

Она растерянно молчала. И лихорадочно
обдумывала ситуацию, решив, вероятно, следующее: "Она белая и знает обычаи белых.
Может быть, один раз в жизни ей стоит поверить. Но она не должна знать моих мыслей".

И, напустив на себя свой обычный холод-
ный вид, она сказала:

— Он слишком молод для меня.

— Он младше вас всего на два года. По
японским традициям это считается очень
хорошей разницей, она позволит вам быть
анэ-сан нёбо, то есть "супругой — старшей
сестрой". У японцев такие пары считаются
самыми счастливыми: женщина чуть-чуть
опытнее, чем мужчина. И она его опекает.

— Знаю, знаю.

— Так что же вас останавливает?

Она промолчала. Но было ясно, что она задумалась.

Несколько дней спустя снизу предупредили, что к нам приехал Пит Крамер. Фубуки охватило неописуемое волнение.

День, к несчастью, выдался очень жаркий. Голландец снял пиджак, и на его рубашке под мышками стали видны широкие влажные круги от пота. Мне бросилось в глаза, как изменилась в лице Фубуки. Она пыталась продолжать разговор, словно ничего не заметив. Но голос ее звучал крайне фальшиво — чтобы выдавить звуки из перехваченного спазмом горла, она при каждом слове вытягивала голову вперед. Всегда такая красивая и невозмутимая, она сейчас смахивала на индюшку, которая готовится к обороне.

Не сознавая, сколь жалко она выглядит, Фубуки украдкой поглядывала на сослуживцев. Хоть бы они ничего не заметили! Увы! попробуй определить, заметил кто-нибудь или нет. Тем более если речь идет о японцах. Бесстрастные лица квалифицированных сотрудников "Юмимото" выражали лишь вежливую благожелательность, обычную при встречах с представителями фирм-партнеров.

Самое комичное, что Пит Крамер даже не подозревал, что стал причиной скандальной ситуации и вызвал душевное смятение у милой Фубуки Мори. Ноздри ее трепетали, и было нетрудно догадаться, по какой причине: она пыталась определить, подмышечный срам голландца выражался лишь в кругах на рубашке или...

И тут наш симпатичный голландец нечаянно и бесповоротно лишил себя почетной возможности внести вклад в развитие евразийской расы: завидев в небе дирижабль, он ринулся к окну. Возникшие при этом стремительном движении воздушные волны разнесли по комнате — словно искры бенгальского огня — исходивший от него запах, и всем стало ясно: от Пита Крамера несет потом.

В огромном офисе не было человека, который бы этого не почувствовал. И никого не умилил детский восторг, который вызвал у этого парня рекламный дирижабль, регулярно летавший над городом.

Когда дурно пахнувший иностранец покинул наш отдел, у моей начальницы в лице не было ни кровинки. Однако с уходом голландца ее страдания не закончились. Первый удар нанес заведующий отделом господин Сайто:

— Еще минута, и я бы просто не выдержал! Все дружно подхватили:

— Неужели эти белые не понимают, что они смердят, как падаль?

— Если бы нам удалось объяснить им, как от них воняет, то на Западе образовался бы потрясающий рынок для сбыта наших дезодорантов!

— Даже если мы поможем им избавиться от скверного запаха, они все равно будут потеть. Такая уж это раса.

— У них даже красивые женщины потеют.

Они веселились от души. И никому не пришло в голову, что их слова могут меня обидеть. Поначалу мне это даже польстило: быть может, они перестали меня воспринимать как белую. Но очень скоро я поняла: меня просто не принимают в расчет.

И ни один человек не догадывался, какое роковое значение имел этот эпизод для моей начальницы: если бы никто, кроме нее, не заметил подмышечного позора голландского жениха, она еще могла бы закрыть глаза на врожденный порок своего возможного избранника.

Теперь же она знала, что с Питом Крамером все кончено: опуститься до каких-либо отношений с ним было бы еще постыднее, чем потерять репутацию, — это означало бы потерять лицо. Ей оставалось утешаться лишь тем, что никто, кроме меня (а я была не в счет), не знал о видах, которые она имела на белого холостяка.

Высоко подняв голову и стиснув челюсти, она окунулась в работу. Глядя на ее застывшее лицо, я догадывалась, сколько надежд связывала она с этим человеком. И ведь тут не обошлось без моего участия. Я подстрекала ее. Не будь меня, разве она отнеслась бы к нему всерьез?

Получалось, что в немалой степени она страдает из-за меня. Я подумала, что должна бы радоваться этому. Но никакой радости не испытывала.

Прошло чуть более двух недель, как я распростилась с обязанностями бухгалтера. И тут стряслась новая беда.

Мне казалось, что в компании "Юмимото" обо мне попросту забыли. Меня это вполне устраивало. Я снова наслаждалась жизнью. Свободная от тщеславия, я и не мечтала о лучшей доле: мне нравилось сидеть на своем рабочем месте и наблюдать за сменами настроения на лице моей начальницы. Подавать чай и кофе, время от времени выбрасываться из окна и не пользоваться калькулятором — мне этого было вполне достаточно, чтобы чувствовать себя полезным членом общества.

Счастливое забвение моей персоны длилось бы, возможно, до истечения моего контракта, не соверши я новой оплошности.

В конце концов, я вполне заслужила свое положение. Я сделала все, чтобы доказать начальникам, что, несмотря на все мои потуги, я для них не работник, а истинное наказание. Теперь они в этом убедились и без слов постановили: "Пусть она лучше ни к чему не прикасается". Такое положение меня устраивало.

В одно прекрасное утро мы услышали оглушительный гром, какой бывает только в горах во время грозы: это грохотал господин Омоти. Гром приближался.

Мы онемели от страха.

Дверь в бухгалтерию, как легкая плотина, была сметена мощным телом вице-президента, — и он вкатился в наш офис. Встав посреди комнаты, он закричал голосом людоеда, требующего свой обед:

— Фубуки-сан!

Теперь мы знали, кто будет принесен в жертву аппетитам этого жирного Молоха. Секундное облегчение, которое испытали все остальные, убедившись, что сегодня сия чаша их минует, сменилось коллективным и вполне искренним сочувствием.

Услышав свое имя, моя начальница тут же вскочила и вытянулась по стойке смирно. Она не мигая смотрела прямо перед собой, то есть в мою сторону, но не видя меня. Прекрасная как никогда, она с ужасом ждала уготованной ей расправы.

Меня пронзил страх: а что, если Омоти выхватит саблю, спрятанную в жировых складках на его брюхе, и отрубит ей голову? Если голова покатится ко мне, я поймаю ее и буду с нежностью хранить до конца моих дней.

"Нет-нет, это невозможно, мы же не в прошлом веке. Все будет как обычно: он вызовет ее сейчас к себе в кабинет и устроит ей страшный нагоняй", — убеждала я себя.

Но он поступил гораздо хуже. Может, в тот день на него снизошло особое садистское вдохновение? А может, он повел себя так потому, что его жертвой была женщина, более того — очень красивая молодая женщина? Он учинил ей разнос не в своем кабинете, а прямо в отделе, в присутствии сорока сотрудников бухгалтерии.

Можно ли вообразить более унизительное наказание, чем эта публичная порка, для любого человека из любой страны, тем более для японца и тем более для такой гордой красавицы, как Фубуки Мори? Чудовище пожелало, чтобы она потеряла лицо — это было яснее ясного.

Он медленно приблизился к ней, словно заранее наслаждаясь своей жуткой властью. Фубуки не шевелилась. Никогда еще она не была так прекрасна, как в те минуты. Мясистые губы людоеда задрожали, и началось подлинное извержение вулкана.

Токийцы отличаются манерой очень быстро говорить, особенно, когда бранятся. Мало того, что вице-президент был уроженцем столицы, он был еще злобным толстяком, поэтому его хриплый голос с трудом пробивался сквозь лаву гнева: в результате я почти ничего не поняла из бесконечного водопада проклятий, которые он обрушивал на мою начальницу.

Зато я отлично поняла, что происходит: в трех метрах от меня человека подвергали крайнему унижению. Зрелище было отвратительное. Я бы дорого дала, чтобы оно наконец прекратилось. Но оно не прекращалось: казалось, поток ругани, который извергался из чрева этого палача, был неиссякаем.

Какое преступление совершила Фубуки Мори, чтобы навлечь на себя такую кару? Это так и осталось для меня загадкой. Но я слишком хорошо знала свою коллегу: ее служебное рвение, ее компетентность и добросовестность были поистине беспримерны. Скорее всего, промах ее был ничтожен. И эта необыкновенная женщина при всех обстоятельствах заслуживала снисхождения.

Конечно, я была слишком наивна, пытаясь догадаться, в чем заключалось прегрешение Фубуки. Вполне вероятно, ни в чем. Как начальник господин Омоти имел право придраться к любому пустяку, чтобы дать волю своим садистским наклонностям и поиздеваться над этой девушкой с внешностью топмодели. Никто не смел требовать от него объяснений.

Внезапно меня поразила мысль, что вицепрезидент таким образом на наших глазах удовлетворяет свои сексуальные потребности. Был ли он способен при такой толщине спать с женщиной? Зато его огромная масса позволяла ему громко орать, наблюдая при этом, как трепещет перед ним изящная красавица.

По сути, на наших глазах, он насиловал Фубуки Мори и, предаваясь пороку в присутствии сорока сотрудников, испытывал от этого двойное наслаждение, удовлетворяя еще и извращенную страсть к эксгибиционизму.

По-моему, я правильно поняла ситуацию, потому что увидела, как в эту минуту обмякло тело моей начальницы. А ведь она была настоящим памятником несгибаемой гордости, и раз ее тело дрогнуло, значит, она только что пережила сексуальное насилие. Ноги отказали ей, как замученной вконец любовнице, и она опустилась на стул.

Будь я синхронным переводчиком словесного извержения господина Омоти, я бы перевела это так:

— Да, я вешу сто пятьдесят килограммов, а ты — пятьдесят, то есть вдвоем мы весим два центнера, и меня это возбуждает. Жир мешает мне двигаться, мне трудно доставить тебе наслаждение, но благодаря своей толщине я могу тебя сбить с ног и раздавить, и мне нравится терзать тебя, особенно в присутствии этих кретинов, которые пялят на нас глаза. Обожаю смотреть, как страдает твоя гордость, как ты молчишь, потому что не имеешь права защищаться, обожаю вот так насиловать женщин!

Думаю, не я одна разгадала подлинный смысл происходившего: всем сотрудникам вокруг меня было явно не по себе. Все они смущенно отводили глаза и прятали головы за папками или компьютерами.

Фубуки той порой словно переломилась надвое. Опираясь худыми локтями на стол, она поникла головой, подперев лоб кулаками. Под шквалом сыпавшихся на нее словесных ударов ее хрупкая спина то и дело вздрагивала.

У меня хватило ума не послушаться своего первого благородного порыва и не ринуться на защиту коллеги. Это, без сомнения, только ухудшило бы положение жертвы, да и мое тоже. Однако и гордиться мне было нечем. Сохранить честь нередко помогает как раз безрассудство. И не лучше ли сделать глупость, чем поступиться честью? Я и сегодня краснею от стыда за то, что безрассудству предпочла благоразумие. Кто-то должен был вмешаться, а поскольку нечего было надеяться на остальных, мне надлежало пожертвовать собой.

Моя начальница никогда бы мне этого не простила и была бы не права. Но можно ли совершить большее преступление: оказаться свидетелем омерзительного зрелища и — промолчать? Что может быть хуже безропотного подчинения власти?

Стоило бы захронометрировать этот вице-президентский разнос. У палача был большой запас ругательств. И чем сильнее он распалялся, тем громче орал. Что подтверждало, если я еще кого-то не убедила, сексуальную подоплеку происходящего: подобно распутнику, которого возбуждает и подстегивает собственная разнузданность, вице-президент впал в полное неистовство, и его дикие крики, как удары хлыста, обрушивались на несчастную Фубуки.

Под занавес эта сцена обрела неожиданный и до боли трогательный поворот: наверное, так случается почти с каждой жертвой насилия, но в какой-то момент Фубуки уступила. Не знаю, все это слышали или только я одна, но до меня долетел тоненький голосок семилетней девочки, дважды пролепетавший:

— Окуру-на... Окуру-на...

Так маленькая девочка на своем детском языке обращается к разгневанному отцу, и это означает:

— Не сердись... Не сердись...

Никогда прежде Фубуки Мори не позволяла себе так обращаться к начальнику. Но мольбы ее были тщетны. Словно о пощаде молила газель, которую уже растерзал и наполовину сожрал кровожадный хищник. Кроме того, это было неслыханно с точки зрения непреложного закона о беспрекословном подчинении. Мне показалось, что, услышав этот детский жалобный голосок, господин Омоти слегка запнулся, после чего завопил с удвоенной силой, будто эта мольба доставила ему особое наслаждение.

В конце концов то ли чудовищу надоела его игрушка, то ли это тонизирующее упражнение пробудило в нем аппетит, и ему захотелось умять многослойный бутерброд с майонезом, но он повернулся и ушел.

В бухгалтерии воцарилась мертвая тишина. Никто, кроме меня, не осмеливался взглянуть на пострадавшую. Несколько минут она не могла двинуться с места. Когда она нашла в себе силы, чтобы подняться, она молча выбежала из комнаты.

Легко было догадаться, куда она скрылась. Куда бегут изнасилованные женщины? Туда, где течет вода, где можно выблевать пережитое, где меньше всего народу. В компании "Юмимото" местом, которое наилучшим образом отвечало этим требованиям, был туалет.

Именно там я совершила очередную ошибку.

Сердце подсказывало: я должна ее поддержать. Напрасно я вспоминала, как она меня унижала и оскорбляла, дурацкое сочувствие взяло вверх. Именно дурацкое, потому что в сто раз лучше было броситься на ее защиту в те минуты, когда над ней глумился Омоти. По крайней мере, я проявила бы мужество. А теперь, уже после этого надругательства, мое сочувствие выглядело глупым и запоздалым.

И все же я побежала за ней в туалет. Она была там и плакала над умывальником. Думаю, она даже не слышала, как я вошла. А я не придумала ничего умнее, как сказать:

— Фубуки, я вам так сочувствую! Мое сердце с вами. Я — с вами!

Я уже протягивала ей руку, трепеща от горячего желания поддержать ее в эту трудную минуту, когда увидела обращенный на меня враждебный взгляд. И услышала ее сдавленный от злобы голос:

— Как вы смеете? Как вы смеете?

Я снова оплошала, потому что принялась объяснять:

— Я не хотела вас обидеть. Мне хотелось выразить вам свои дружеские чувства...

Она с ненавистью оттолкнула мою руку, как турникет в метро:

— Заткнитесь! Убирайтесь вон отсюда!

Но я не убиралась, а стояла как вкопанная.

Она шагнула ко мне: в ее правом глазу пылала Хиросима, а в левом — Нагасаки. Если бы ей позволили меня убить, она не колебалась бы ни секунды.

Наконец до меня дошло, чего от меня ждут, и я убралась.

Вернувшись на свое место, я даже не пыталась изображать какую-либо деятельность, а весь остаток рабочего дня размышляла о собственной глупости. И тут было о чем подумать.

Фубуки жестоко унизили в присутствии коллег. Единственное, что ей удалось сберечь от поругания — ее последний бастион — были ее слезы. У нее хватило сил не заплакать перед нами.

А я, коварная, последовала за ней в ее убежище, чтобы увидеть ее рыдания. Никогда в жизни она не сможет допустить, не сможет поверить, что мною двигало не злорадство, а сочувствие, пусть даже глупое сочувствие.

Спустя час жертва вернулась на рабочее место. Никто на нее не смотрел. Она взглянула в мою сторону: в ее сухих глазах горела ненависть. Я прочитала в них: "А ты... ты только и ждешь своего часа".

Затем она принялась за работу, словно ничего не произошло, не мешая мне предаваться своим мыслям.

Было совершенно ясно: она не сомневается, что я воспользовалась случаем, чтобы отомстить ей. Она знает, что плохо обращалась со мной. Стало быть, я жажду мести. И только ради этого я устремилась в туалет — чтобы насладиться ее слезами.

Как мне хотелось разубедить ее, сказать: "Да, я вела себя глупо и нелепо. Но поверьте, я побежала за вами, потому что меня толкнула на это самая обычная, самая простая человечность. Еще недавно я и вправду была обижена на вас, но когда я увидела, как вас оскорбляют и унижают, вся моя обида прошла, и мне стало вас очень жаль. И вы, такая умная и все понимающая, неужели вы не догадываетесь, что ни одна живая душа на белом свете так не уважает вас, не восхищается вами и не подчиняется вам с большей радостью, чем я?"

Я никогда не узнаю, как бы она отреагировала, если бы я все это ей сказала.

На следующее утро лицо Фубуки выражало олимпийское спокойствие. "Вот и хорошо, она больше не переживает", — подумала я. И тут же услышала ее приказ:

— Вы получаете новое назначение. Следуйте за мной.

Я послушно вышла за ней в коридор.

В душе шевельнулась легкая тревога: куда же меня переводят? Что это за новое место? И куда мы идем? Дурное предчувствие усилилось, когда я поняла, что мы двигаемся в сторону туалета. Не может быть, успокаивала я себя. Мы сейчас свернем направо или налево и пойдем в другой отдел.

Но нет, мы не свернули ни вправо, ни влево. Фубуки прошествовала прямо в туалет.

"Наверное, ей захотелось уединиться со мной, чтобы объясниться по поводу вчерашнего", — подумала я.

Увы, я снова ошиблась. Бесстрастным голосом она объявила:

— Это ваш новый пост.

С невозмутимым видом и со знанием дела она показала, в чем заключаются теперь мои обязанности — движения ее при этом были четкими и энергичными. Отныне я должна менять несвежее и влажное полотенце на сухое и чистое, а также следить за наличием туалетной бумаги в кабинках — ради этого она доверила мне ключи от заветного шкафчика, где хранились бумажные сокровища, надежно спрятанные там от сотрудников "Юмимото".

Но гвоздь программы ждал меня впереди, когда красавица изящным жестом взяла щетку для мытья унитазов, чтобы — на полном серьезе — объяснить мне ее назначение (неужто она полагала, что мне оно неизвестно?). До сей минуты я даже вообразить себе не могла, что увижу эту богиню с подобным инструментом в руках. Тем более вручающей его мне как мой новый скипетр.

Я была настолько ошарашена, что задала лишь один-единственный вопрос:

— Кто работал здесь до меня?

— Никто. Уборщицы приходят сюда только вечером.

— Они все уволились?

— Нет. Но, как вы сами могли заметить, их ночной работы явно недостаточно. Иногда нет туалетной бумаги, некому сменить влажное полотенце, а унитаз до вечера остается грязным. Это бывает особенно неприятно, когда мы принимаем партнеров.

Интересно, что более неприятно для сотрудников фирмы: сознавать, что унитаз испачкал их коллега или гость компании? Я не успела обдумать эту серьезную этическую проблему — мои мысли прервала Фубуки.

— Теперь благодаря вам мы больше не будем страдать от подобных неудобств, — произнесла она с обворожительной улыбкой и вышла.

Я осталась в полном одиночестве на своем новом замечательном посту. Растерянная и подавленная, я замерла посреди туалета, опустив руки. И тут дверь снова распахнулась. Совсем как в театре, на пороге опять возникла Фубуки — она вернулась, чтобы сказать мне самое приятное:

— Чуть не забыла: разумеется, вы должны следить за порядком и в мужском туалете.

[110] Подведем итог. Когда я была совсем маленькая, мне хотелось стать Богом. Очень скоро я поняла, что хочу невозможного, и божественное вино своей мечты слегка разбавила святой водицей: нельзя стать Богом — сделаюсь Иисусом. Потом снова пришлось умерить свои амбиции и ограничиться ролью мученицы, которую я возмечтала сыграть в будущем. Повзрослев, я почти излечилась от мании величия и решила поработать переводчицей в японской компании. Увы, и это оказалось выше моих возможностей — пришлось опуститься еще на одну ступеньку и стать счетоводом. Ну, а дальше я стремительно и безостановочно падала все ниже и ниже. Наконец мне позволили предаваться ничегонеделанию. К несчастью, и этот пост оказался для меня слишком высоким. И тогда я получила наконец самую подходящую для себя должность: уборщицы сортиров.

Ну, как не подивиться этому неумолимому и судьбоносному низвержению с божественных высот в сортир! О певице, которая способна исполнять партии сопрано и контральто, говорят, что у нее широкая тесситура, а я позволю себе подчеркнуть безграничную тесситуру моих талантов и способность исполнять любую партию — от Бога до мадам Пипи.

Когда первое потрясение прошло, я почувствовала странное облегчение. Ниже грязных раковин и унитазов падать уже некуда.

Фубуки, очевидно, рассуждала так: "Ты преследуешь меня даже в туалете? Вот и прекрасно! Так и оставайся здесь навсегда!"

И я осталась.

Не сомневаюсь, что любой на моем месте тут же бы уволился. Любой, но не японец. Водворяя меня в туалет, моя начальница надеялась, что вынудит меня бежать с поля боя. Если бы я ушла, я потеряла бы лицо. Для японца мытье унитазов — занятие, естественно, не почетное, но и не позорное.

Из двух зол нужно было выбирать меньшее. Контракт я подписала на год. Он истекал седьмого января 1991 года. А сейчас был только июнь. Что ж, я выдержу удар. Я поведу себя как настоящая японка.

Собственно, я всего лишь следовала главному правилу, которое должен неукоснительно выполнять любой чужестранец в Японии: если он хочет интегрироваться в этой стране, то считает делом чести уважать японские традиции. Примечательно, что японцы, которые никому не прощают незнания собственных традиций, совершенно беззастенчиво нарушают обычаи других стран.

Я знала об этой несправедливости и все же безоговорочно приняла ее. Зачастую самые невразумительные наши поступки объясняются сильными детскими впечатлениями: когда я была ребенком, меня столь глубоко потрясла красота окружавшего меня в Японии мира, что я так и продолжала жить под действием этих чар. Теперь я каждодневно сталкивалась с ужасной, не знающей снисхождения системой, которая перечеркивала все, чему я столько лет поклонялась, и тем не менее я оставалась верна японским ценностям, в которые уже сама не верила.

Я не потеряла лица и семь месяцев прослужила в туалетах компании "Юмимото".

Итак, у меня началась новая жизнь. В это трудно поверить, но у меня не было ощущения, что я опустилась на самое дно. Если вдуматься, мои новые обязанности были куда менее изнурительными, чем бухгалтерская работа и проверка командировочных расходов. Что легче: дни напролет щелкать по калькулятору, извлекая из него все более и более шизофренические цифры, или один раз в день доставать из шкафчика туалетную бумагу? Тут и думать нечего.

Новые обязанности были мне как раз по плечу. Мой недоразвитый мозг вполне справлялся с поставленной задачей. Не нужно было копаться в финансовых документах и разыскивать курс немецкой марки за девятнадцатое марта, чтобы конвертировать в иены чей-то счет за гостиницу, и сопоставлять мой результат с цифрами командировочного, тщетно пытаясь понять, почему это у него получилось 23 254, а у меня — 499 212. Здесь все было гораздо проще: грязь я должна была конвертировать в чистоту, а отсутствие бумаги — в ее наличие.

Санитарная гигиена невозможна без умственной. Тех, кто сочтет, что, подчинившись оскорбительному приказу моей начальницы, я уронила собственное достоинство, могу заверить, что за семь месяцев я ни разу не почувствовала себя униженной.

Как только меня определили на эту немыслимую должность, я вступила в другое жизненное измерение — в мир наизнанку. У меня, видимо, сработал некий рефлекс: чтобы выдержать семь месяцев в сортире, надо было сменить все ориентиры.

Благодаря защитным способностям моей иммунной системы этот спасительный внутренний переворот свершился мгновенно. Грязное превратилось для меня в чистое, стыд — в славу, мучительница стала жертвой, а гнусное — комичным.

Да, именно комичным, потому что работа в "одном месте" (здесь как нельзя лучше подходит это выражение) оказалась самым смешным периодом в моей жизни. Рано утром, когда метро еще только подвозило меня к зданию "Юмимото", меня уже начинал разбирать смех при одной мысли о том, что меня там ожидает. И когда я попадала в мое отхожее министерство, то с великим трудом справлялась с приступами сумасшедшего хохота.

В компании на сто мужчин числилось всего пять женщин, из которых лишь Фубуки достигла начальственного ранга. Кроме нас с ней имелось еще три сотрудницы, которые работали на других этажах, а в моем ведении находились туалеты только сорок четвертого этажа. Таким образом, дамскими удобствами этого этажа пользовались исключительно моя начальница и я.

В скобках замечу, что географическая ограниченность моих обязанностей, распространявшихся только на туалеты сорок четвертого этажа, наглядно подчеркивала полную бессмысленность моего нового назначения. Если то, что военные элегантно называют "следами привала", так стесняло гостей фирмы на нашем этаже, то почему же они не страдали от этого на сорок третьем и сорок пятом?

Я не озвучивала своих сомнений. Выскажи я их вслух, мне бы наверняка сказали: "Правильное замечание. С сегодняшнего дня вы будете убирать туалеты и на других этажах". А для удовлетворения моих скромных амбиций мне вполне хватало и туалетов сорок четвертого этажа.

Произведенная мною переоценка ценностей и в самом деле помогла мне справиться с новой ролью. Зато Фубуки крайне унижало мое поведение, которое она, несомненно, объясняла моей инертностью. Она слишком явно рассчитывала на мой уход. Оставшись, я испортила ей всю игру. Бесчестье, как бумеранг, ударило по ней самой.

Естественно, она не признавала вслух своего поражения. Хотя для меня оно было очевидным.

Однажды мне довелось столкнуться в мужском туалете с самим господином Ханэдой. Эта встреча ошеломила как меня, так и его. Могла ли я вообразить Бога в таком месте? А господин Ханэда безусловно даже не подозревал, что я работаю здесь по приказу Фубуки. Секунду он улыбался, так как был наслышан о моей крайней бестолковости, и решил, что я ошиблась дверью. Когда же он увидел, как грязное полотенце я заменяю чистым, улыбка сползла с его лица. Он понял, что со мной произошло, и старался больше не смотреть в мою сторону. Вид у него был очень смущенный.

Я вовсе не надеялась, что эта встреча изменит что-то в моей судьбе. Господин Ханэда был слишком хорошим президентом, чтобы подвергать сомнению приказы своих подчиненных, тем более если они исходят от единственного в его компании руководящего кадра женского пола. Тем не менее у меня были все основания полагать, что Фубуки пришлось давать ему объяснения по поводу своего распоряжения на мой счет.

На следующий день после этой знаменательной встречи она сказала мне своим ровным голосом:

— Если вам есть на что жаловаться, вы должны обращаться ко мне.

— А я никому не жаловалась.

— Вы прекрасно понимаете, что я имею в виду.

Но я не понимала. Как же я должна была поступить, по ее мнению? Убежать из мужского туалета, чтобы президент решил, что я попала туда по ошибке?

Больше всего мне понравились слова моей начальницы: "Если вам есть на что жаловаться..." Меня особенно умилило это "если": по ее убеждению, жаловаться мне было не на что.

Иерархия позволяла еще двоим начальникам вызволить меня из этой ситуации: господину Омоти и господину Сайто.

Вице-президенту моя судьба была глубоко безразлична. Напротив, его даже обрадовала моя ссылка в туалет. Встретив меня там, он весело бросил мне на ходу:

— Довольны, что получили этот пост?

Господин Омоти вовсе не шутил. Он действительно полагал, что на этом посту я наконец-то получила возможность для подлинного расцвета, который невозможен без повседневного труда. Теперь даже такое никчемное существо, как я, обрело свое место в компании, и он наверняка воспринимал это как очень положительный факт. К тому же теперь он не зря платил мне деньги, так что можно было вздохнуть с облегчением.

Если бы даже кто-то попытался ему объяснить, что эта работа унизительна для меня, он бы воскликнул:

— А что тут такого? Это оскорбляет ее достоинство? Да она должна быть счастлива, что работает у нас.

В случае с господином Сайто дело обстояло иначе. Мне казалось, ему очень неприятна вся эта история. Но как я заметила, он до смерти боялся Фубуки: она была в сорок раз сильнее и влиятельнее его. И он ни за что на свете не осмелился бы вступиться за меня.

Когда он встречался со мной в туалете, его узкое лицо начинало дергаться от нервного тика. Моя начальница была права, когда уверяла, что господин Сайто — незлой человек. Он и в самом деле был добр, но труслив.

Куда более тягостно было встретить в этом месте добрейшего господина Тэнси. Увидев меня, он мгновенно изменился в лице. Когда первое потрясение прошло, он залился краской и пробормотал:

— Амели-сан...

После чего он умолк, понимая, что сказать ему нечего. А затем и вовсе удивил меня: он стремительно выбежал из туалета, словно забыл, ради чего сюда пришел.

Не знаю, то ли он и в самом деле забыл о своей нужде, то ли направился в туалет на другом этаже. Как я поняла, господин Тэнси снова нашел самый благородный выход из ситуации: чтобы продемонстрировать свое несогласие с моей ссылкой в "одно место", он решил бойкотировать туалет сорок четвертого этажа. И больше я его там ни разу не видела, а он, несмотря на свой ангельский характер, святым духом все-таки не был и проскользнуть мимо меня незаметно никак не мог.

Очень скоро стало ясно, что он провел определенную работу и среди своих коллег, потому что никто из отдела молочных продуктов больше не посещал моих владений. Затем я стала замечать, что и другие отделы явно игнорируют предназначенные для них удобства.

Я благословляла господина Тэнси. К тому же этот бойкот был настоящей местью фирме "Юмимото": служащие, предпочитавшие пользоваться туалетами других этажей, должны были терять время на ожидание лифтов, вместо того чтобы употребить его на пользу компании. В Японии это называется саботажем. Саботаж здесь считается таким страшным преступлением, что для его обозначения используют не японское, а французское слово, так как только иностранцы могли додуматься до этакой гнусности.

Солидарность сотрудников компании грела мое сердце и вдохновляла на филологические изыскания. Слово "бойкот" происходит от фамилии некоего англичанина, который звался Бойкот[1], в происхождении этой фамилии нетрудно увидеть мужское

---

1 Англичанин Ч. Бойкот был управляющим имением в Ирландии. В 1880 г. арендаторы отказались иметь с ним дело. Первый слог фамилии Бойкот (boy) по-английски означает "мальчик".

начало. И бойкот моего ведомства был исключительно мужским.

А вот герлкот что-то не наблюдался. Напротив, Фубуки явно с повышенным рвением пользовалась нашими удобствами. Она даже зубы дважды чистила в рабочие часы: интересно было наблюдать, как ее ненависть стимулировала заботу о гигиене полости рта. Ее так бесило, что я не ушла, а осталась, что она пользовалась любым предлогом, лишь бы мне насолить.

Меня все это только веселило. Она полагала, что досаждает мне, слишком часто посещая туалетную комнату, а меня радовала каждая возможность полюбоваться на ее снежно-бурную красоту. Дамский туалет на сорок четвертом этаже был более укромным местом, чем любой будуар: когда дверь открывалась, я могла не сомневаться, что сейчас войдет моя начальница, потому что три другие женщины работали на сорок третьем. Так что это было замкнутое пространство в духе Расина, где две участницы трагедии по несколько раз в день встречались для очередной яростной схватки, на которую их неизменно толкала бурлившая в них страсть.

Со временем стало слишком очевидно, что мужчины игнорируют туалет на сорок четвертом этаже. Его посещал только вице-президент, да изредка заглядывал кто-нибудь по рассеянности. Догадываюсь, что первым это заметил сам вице-президент. И забил тревогу.

Для руководителей компании это превратилось в сложную тактическую проблему: несмотря на всю свою безграничную власть, они не могли приказать подчиненным справлять нужду на сорок четвертом этаже, а не спускаться для этого на сорок третий.

Но можно ли мириться с подобным саботажем? Необходимо было действовать, но как?

Вину за этот позорный саботаж возложили, естественно, на меня.

Фубуки вошла в наш дамский уголок и произнесла со свирепым видом:

— Так больше продолжаться не может. Снова из-за вас все страдают.

— Что я опять сделала не так?

— Вы сами знаете.

— Клянусь, не знаю.

— Разве вы не заметили, что мужчины перестали пользоваться туалетом сорок четвертого этажа? И они теряют время, чтобы ходить в туалеты на другие этажи. Ваше присутствие их стесняет.

— Я их понимаю. Но ведь я не по доброй воле здесь оказалась. И вы это прекрасно знаете.

— Нахалка! Если бы вы вели себя с большим достоинством, они не игнорировали бы собственный туалет.

Я нахмурилась:

— При чем тут мое достоинство?

— Если на мужчин, входящих в туалет, вы смотрите так же, как на меня, я могу понять их поведение.

Я рассмеялась:

— Можете успокоиться, я на них вообще не смотрю.

— Что же их тогда смущает?

— Их смущает присутствие особы противоположного пола, и это вполне естественно.

— Почему же вы не сделали необходимые выводы?

— Какие же выводы я должна была сделать?

— Не мешать им своим присутствием.

Я обрадовалась:

— Так вы освобождаете меня от работы в мужском туалете? Как я вам благодарна!

— Я не это имела в виду!

— Тогда я вас не понимаю.

— Когда мужчина входит, вы должны выходить в коридор. Когда он выйдет из туалета, вы можете вернуться.

— Хорошо, но как быть, если я нахожусь в женском туалете и не вижу, есть ли кто в мужском? Вот если...

— Что?

Я постаралась придать своему лицу самое глупое выражение и продолжила начатую мысль:

— Придумала! В мужском туалете нужно установить видеокамеру, а в женском — экран. Тогда я буду всегда видеть, можно туда входить или нет!

— Установить камеру в мужском туалете! Вы соображаете, что говорите?

— Но мужчины не будут об этом знать! — продолжала я развивать свою идею.

— Замолчите! Вы просто дура!

— Еще бы! Представьте себе, что было бы, если бы вы поставили на эту работу кого-нибудь поумнее!

— Как вы смеете пререкаться со мной?

— А чем я рискую? Вы уже и так опустили меня ниже некуда.

Я, конечно, зашла слишком далеко. И опасалась, как бы мою начальницу не хватил удар.

— Берегитесь! Вы еще не знаете, что вас ожидает.

— Что же?

— Лучше придержите язык и извольте покидать мужской туалет, когда туда кто-то входит.

Она удалилась. А я задумалась о том, реальны ли ее угрозы или она блефует.

[124] Я с облегчением подчинилась новому распоряжению. Оно позволяло мне теперь меньше времени проводить в мужском туалете, где в последние два месяца я имела не самую приятную возможность убедиться, что японский самец рафинированностью не отличается. В то время как японка больше всего на свете страшится выдать себя в туалете каким-либо звуком, японцу подобная застенчивость абсолютно чужда.

Хотя в мужской туалет я заглядывала теперь реже, я заметила, что сотрудники отдела молочных продуктов по-прежнему игнорируют предназначенные им удобства на сорок четвертом этаже: под влиянием своего шефа они продолжали бойкот. Вечная благодарность господину Тэнси!

После назначения меня на должность уборщицы посещение туалета превратилось в компании прямо-таки в политическую акцию.

Человек, продолжавший пользоваться туалетом сорок четвертого этажа, рассуждал следующим образом: "Я безоговорочно подчиняюсь начальству, и мне наплевать, что в компании унижают иностранцев. Им все равно нечего делать в "Юмимото".

Тот, кто бойкотировал этот туалет, думал иначе: "Я уважаю начальство, но это не мешает мне критически относиться к некоторым его решениям. Кроме того, было бы целесообразнее поручать иностранцам более ответственные посты, чтобы они могли принести пользу нашей компании".

Никогда еще отхожее место не превращалось в театр идеологических баталий столь высокого накала.

У каждого из нас случается страшный день, который делит наше существование на две части — на то, что было до и после. И стоит потом даже мельком вспомнить об этом психологическом шоке, нас всякий раз охватывает животный ужас, с которым мы ничего не можем поделать.

Я чудесно проводила время в женском туалете компании "Юмимото" благодаря огромному окну, которое занимало всю стену. Это окно стало центром моего жизненного пространства: часами напролет я стояла перед ним, прижавшись лбом к стеклу, и мысленно выбрасывалась в пустоту. Я представляла себе, как падает мое тело, и до головокружения наслаждалась этим полетом. Клянусь, я ни минуты не скучала на рабочем посту.

Забыв обо всем на свете, я с наслаждением парила в воздухе, но тут разразилась новая драма. Сначала я услышала, как за моей спиной хлопнула дверь. Это могла быть только Фубуки. Однако это был не четкий и короткий стук, с которым закрывала дверь моя мучительница. Шум был такой, будто в дверь кто-то грубо вломился, сорвав ее с петель. Затем я услышала шаги, но не легкое цоканье лодочек, а тяжелую и неуклюжую поступь снежного человека в пору весеннего гона.

Затем все произошло столь стремительно, что я едва успела заметить, как надо мной нависла жирная масса вице-президента.

В первую долю секунды я онемела от страха. (Небо! Мужчина — пусть даже это огромный кусок сала — в женском туалете!) Затем я ударилась в панику.

Он сгреб меня, как Кинг-Конг свою блондиночку, и поволок к выходу. Я, словно кукла, безвольно болталась в его руках. Когда я поняла, что он тащит меня в мужской туалет, меня охватил неописуемый ужас.

Мне вспомнились угрозы Фубуки: "Вы еще не знаете, что вас ожидает!" Она не блефовала. Вот она, расплата за все мои прегрешения! Сердце у меня замерло. Мысленно я прощалась с жизнью.

Помню только, что успела подумать: "Сейчас изнасилует и убьет. Что будет сначала? Лучше бы убил!"

Когда он втащил меня в мужской туалет, там кто-то мыл руки. Увы, присутствие этого невольного свидетеля не изменило гнусных намерений господина Омоти. Он открыл дверь кабины и швырнул меня на толчок.

"Твой смертный час настал!" — сказала я себе.

А жирный великан начал судорожно выкрикивать какие-то бессвязные звуки. От ужаса я не могла разобрать, что он кричит. Может быть, собираясь совершить насилие, он кричал что-то вроде знаменитого "банзай!", с которым бросаются в бой камикадзе?

Трясясь от ярости, он все повторял и повторял какое-то непонятное трехсложное слово. Внезапно меня осенило, и я разобрала эту тарабарщину:

— Но пэпа! Но пэпа!

На японо-американском наречии это означало:

— No paper! No paper! Нет бумаги!

В такой деликатной манере вице-президент оповестил меня об отсутствии туалетной бумаги в клозете.

Я молча бросилась к заветному шкафчику и с, трудом передвигаясь на ослабевших от страха ногах, вернулась в мужской туалет, нагруженная рулончиками туалетной бумаги. Господин Омоти, наблюдая за тем, как я

[128] вставляю ее в держатель, снова проревел что-то невразумительное, мало походившее на слова благодарности, а затем вышвырнул меня вон и с удовлетворением закрылся в кабине.

С истерзанной душой я спряталась в женском туалете и присела в углу на корточки, захлебываясь самыми что ни на есть примитивными слезами.

Как нарочно, именно в эту минуту вошла Фубуки, чтобы в очередной раз почистить зубы. В зеркале было видно, как, с пенящейся зубной пастой во рту, она наблюдает за моими рыданиями. Глаза ее при этом сияли от счастья.

Во мне вдруг проснулась такая ненависть к ней, что я даже пожелала ей смерти. Я вспомнила о странном созвучии ее имени с латинским словом, означающим "смерть", и с трудом удержалась, чтобы не крикнуть ей: "Memento mori!"[1].

За шесть лет до этого мне безумно понравился японский фильм "Военнопленный" (в английском варианте "Счастливого Рождества, мистер Лоуренс"). Действие происходит во время войны, в 1944 году. Группа британских солдат содержится в японском ла-

---

1 Помни о смерти! *(лат.)*

гере для военнопленных. Между англичанином (которого играл Дэвид Боуи) и лагерным начальником (Рюити Сакамото) возникают отношения, которые в школьных учебниках называют "парадоксальными".

Мою юную душу глубоко потряс этот фильм Осимы и особенно — сцены сложного противостояния героев. В конце концов японец приговаривает англичанина к смерти.

Я хорошо помнила великолепную финальную сцену, когда японец приходит посмотреть на свою умирающую жертву. Он придумал для англичанина изощренную казнь: его заживо закопали в землю, оставив на поверхности только голову. И несчастный пленник умирал одновременно от жажды, голода и солнечных ожогов.

У белокурого англичанина была очень светлая и нежная кожа, которая крайне болезненно реагировала на солнце. И когда надменный японский военачальник приходил полюбоваться на объект своего "парадоксального отношения", лицо умиравшего было цвета пережаренного и слегка обуглившегося ростбифа. В мои шестнадцать лет подобная смерть казалась мне самым прекрасным доказательством любви.

Эту историю я невольно сопоставляла с теми злоключениями, которые сама переживала в компании "Юмимото". Естественно, мои беды не шли ни в какое сравнение с муками английского военнопленного. Но, по сути, я была такой же пленницей в японском военном лагере, а моя мучительница была столь же прекрасна, как актер Рюити Сакамото.

Однажды, когда она мыла руки, я спросила, видела ли она этот фильм. Она ответила, что видела. Я осмелела и задала еще один вопрос:

— Он вам понравился?

— Музыка — хорошая, а история — совершенно неправдоподобная.

В словах Фубуки, помимо ее воли, отразилось новое отношение молодого поколения Страны восходящего солнца к недавней истории: оно полностью отрицает негативную роль Японии во Второй мировой войне, а вторжение в азиатские страны объясняет стремлением защитить эти страны от нацизма. В тот день у меня не было настроения спорить с Фубуки по этому поводу. Я лишь заметила:

— Мне кажется, этот фильм нужно воспринимать как метафору.

— Метафору чего?

— Человеческих взаимоотношений. Ну, к примеру, наших с вами.

Она непонимающе смотрела на меня, пытаясь сообразить, что еще придумала эта слабоумная.

— Да-да, — продолжала я. — Между вами и мной та же разница, что между Рюити Сакамото и Дэвидом Боуи. Восток и Запад. За внешним противостоянием — то же взаимное любопытство, те же недоразумения, то же затаенное желание найти общий язык.

Хотя я выбирала самые осторожные выражения, я сознавала, что опять зашла слишком далеко.

— Не вижу ничего общего, — возразила моя начальница.

— Почему?

Что она могла сказать мне в ответ? Что угодно: "Вы не вызываете у меня никакого любопытства", или: "Я вовсе не стремлюсь найти с вами общий язык", или: "Какая наглость — сравнивать свое положение с участью военнопленного!", или: "В отношениях этих двух персонажей есть что-то трогательное, но при чем здесь мы?"

Но нет. Фубуки была слишком умна, чтобы дать такой простой ответ. Ровным и даже любезным тоном она постаралась нанести мне новый удар:

— По-моему, вы совсем не похожи на Дэвида Боуи.

И тут мне ей нечего было возразить.

Моя нынешняя должность позволяла мне открывать рот крайне редко. Никто вроде не запрещал мне говорить, но это был неписаный запрет. Как ни странно, но на таком незавидном посту только молчание и позволяет сохранить собственное достоинство.

Судите сами. Если уборщица туалета разговорчива, значит, работа ей по душе, она чувствует себя на своем месте, и это так способствует ее расцвету, что от радости она все время щебечет.

Если же она помалкивает, значит, воспринимает свои обязанности как добровольное самоистязание. Безропотно и смиренно выполняет она свою миссию во имя искупления грехов всего рода человеческого. Бернанос пишет об удручающей обыденности Зла. Туалетная уборщица имеет дело с удручающей обыденностью испражнений, отвратительных во всех их вариациях.

И кармелитке бытовых удобств ничего не остается, как покорно молчать под бременем своего тяжкого креста.

Вот почему я молчала. Но это не мешало мне думать. Так, несмотря на отсутствие сходства с Дэвидом Боуи, я все же полагала, что вполне справедливо сравниваю его положение с моим. Ситуация действительно была схожа. Поручив мне столь грязную работу, Фубуки лишь подтверждала, что испытывает ко мне далеко не самые чистые чувства.

Ведь у нее и помимо меня были подчиненные. И я была не единственной, кого она ненавидела и презирала. Ей было кого мучить и помимо меня. Однако только на мне она упражнялась в жестокости. Только меня одарила такой привилегией.

И я решила воспринимать это как знак особой избранности.

При чтении этих страниц можно подумать, что вся моя жизнь была сосредоточена в "Юмимото". Это не так. За порогом компании у меня была другая, отнюдь не пустая и не бедная событиями жизнь.

Но я решила не писать о ней в этой книге. Прежде всего потому, что это уже совсем иная тема. Кроме того, если в "Юмимото" я проводила строго определенные часы, то моя личная жизнь не имела временных границ.

Но, пожалуй, главная причина заключается в том, что когда в туалете на сорок четвертом этаже компании "Юмимото" я отмывала следы нечистот, мне не верилось, что за стенами этого здания, всего в одиннадцати остановках метро, есть дом, где меня любят, уважают и абсолютно не связывают со щеткой для унитазов.

Когда на рабочем месте мне вдруг вспоминалась эта другая часть моей жизни, я думала: "Нет! Ты все сочинила — и этот дом, и любящих тебя людей. Если ты полагаешь, что они существовали и до того, как тебя перевели работать в туалет, ты ошибаешься. Открой глаза: разве эти милые люди долговечнее фаянса унитазов, способного пережить века? Вспомни виденные тобой фотоснимки городов после бомбежки: люди превратились в трупы, дома сметены с лица земли, и только унитазы, как фаллосы, гордо торчат, возвышаясь над обломками человеческого жилья. Если наступит Апокалипсис, то города после него будут представлять собой лишь леса толчков. Твоя уютная спаленка, люди, которыми ты так дорожишь, существуют только в твоем воображении. Человеку, вынужденному заниматься унизительным для него делом, свойственно придумывать, как говорил Ницше, другой, спасительный мир, небесный или земной рай, в который он силится верить, чтобы обрести утешение. И чем гнуснее условия его существования, тем прекрасней придуманный им рай. Поверь мне: за стенами этих туалетов на сорок четвертом этаже нет ничего. Здесь все начинается и все кончается".

Я подходила к окну и старалась мысленно перенестись на одиннадцать остановок от этого здания, но не могла различить дом, куда стремилась моя душа: "Видишь, нет никакого дома, где тебя ждут. Ты сама его придумала, вот и все".

Мне ничего не оставалось, как прижиматься лбом к стеклу и выбрасываться из окна в манившую меня пустоту. Я единственный человек в мире, с которым случилось такое чудо — падение из окна не погубило, а спасло мне жизнь. Наверное, еще и сегодня по городу раскиданы кусочки моего тела, которое каждый раз вдребезги разбивалось.

Шли месяцы. Время с каждым днем все больше утрачивало для меня свой смысл. Я не могла сказать, быстро оно течет или медленно. Моя память стала функционировать как сливной бачок. Вечером я тянула за цепочку, и воображаемая щетка помогала стереть последние следы дневных нечистот.

Совершенно бессмысленный ритуал, так как по утрам раковина моего мозга вновь покрывалась все той же грязью.

Человечество давно подметило, что уединенное пребывание в туалете наводит на глубокие раздумья. Поскольку я превратилась в кармелитку бытовых удобств, мне ничего другого не оставалось, как размышлять. И здесь, в кабинете задумчивости, я поняла очень важную вещь: вся жизнь японца – это его предприятие.

Об этом говорится в любой статье или книге, рассказывающей об экономике Японии. Но одно дело прочитать и совсем другое — убедиться в этом самой. Работая в нужнике компании "Юмимото", я почувствовала на своей шкуре, что это означает для ее сотрудников и для меня.

Мой крестный путь был не более мучительным, чем житье-бытье моих японских коллег. Просто я скатилась ниже, чем они. Но я никому не завидовала. Их положение было куда плачевнее моего.

Бухгалтеры, которые по десять часов кряду переписывали бесконечные цифры, казались мне жертвами, принесенными на алтарь божеству, не обладающему ни величием, ни тайной. Во все времена смиренное человечество покорно склонялось перед непонятными ему силами. Но раньше, по крайней мере, ему виделось в этом нечто мистическое. Теперь у людей уже нет иллюзий. Они посвящают жизнь пустоте, за которой ничего нет.

Общеизвестно, что в Японии самый высокий процент самоубийств. Меня удивляет, почему здесь не кончают с собой еще чаще.

Что ждет скромного бухгалтера, чей мозг иссушен цифрами, за порогом его предприятия? Непременное вечернее пиво в компании коллег, таких же зомбированных, как он, ежедневная давка в метро, уснувшая до его возвращения жена, раздражающие его дети, сон, затягивающий, как воронка в умывальнике, из которого уходит вода, такие редкие, но бестолково использованные отпуска — разве это жизнь?

Самое грустное, что по международным стандартам эти люди живут гораздо благополучнее, чем во многих других странах.

Наступил декабрь, пришла пора подавать заявление об уходе. Какое заявление, скажете вы. Когда истекает срок контракта, не нужно подавать заявление. Но нет. Я не могла просто дождаться вечера седьмого января 1991 года, пожать несколько рук на прощание и уйти на все четыре стороны. В стране, где до недавнего времени, по контракту или без оного, на работу нанимались на всю жизнь, нельзя уйти, презрев сложившийся ритуал.

По традиции, мне надлежало заявить о своем уходе на каждой ступени иерархической лестницы. Получалось, что я должна сделать это четыре раза, начиная с низшего звена, то есть с Фубуки, а дальше шли господин Сайто, господин Омоти и, наконец, господин Ханэда.

Я мысленно подготовилась к этой церемонии. Само собой, я решила никому и ни на что не жаловаться.

К тому же я получила отцовский наказ: вся эта история ни в коем случае не должна бросить тень на добрые взаимоотношения между Бельгией и Страной восходящего солнца. Нельзя даже намекнуть, что кто-то из работающих на фирме японцев был со мной не очень вежлив. Объясняя, почему я хочу покинуть столь выгодное место, я имела право говорить только от первого лица единственного числа.

Поэтому никакого выбора у меня не было, и мне ничего не оставалось, как взять всю вину на себя. Это было смешно, но я полагала, что начальники из чувства благодарности за то, что я помогаю им не потерять лица, прервут мой монолог, чтобы возразить: "Не наговаривайте на себя, у вас много хороших качеств!"

Я испросила аудиенцию у моей непосредственной начальницы. Она назначила мне встречу после полудня в пустом кабинете. Когда я шла на эту встречу, демон шепнул мне на ушко: "Скажи ей, что как мадам Пипи в другом месте ты зарабатывала бы куда больше". Я с великим трудом заставила демона угомониться и, усаживаясь перед своей красавицей, едва сдерживалась, чтобы не расхохотаться.

А демон в эту секунду снова прошептал: "Скажи, что ты останешься еще на годик, если в сортир поставят тарелочку и каждый посетитель будет кидать в нее по пятьдесят иен".

Я больно кусала себе щеки изнутри, чтобы сохранить серьезный вид. Но мне это плохо удавалось, и я никак не могла заговорить.

Фубуки вздохнула:

— Ну же! Вы хотели мне что-то сказать?

Чтобы спрятать улыбку, я опустила голову как можно ниже, что придавало мне покорно-униженный вид, который должен был порадовать мою начальницу.

— Срок моего контракта заканчивается. И, к моему великому сожалению, я вынуждена заявить, что отказываюсь от его продления.

Я говорила тихим и робким голосом, как и подобает самой обычной японской служащей.

— Вот как? И почему же?

Какой потрясающий вопрос! Не я одна играла комедию. Тогда я решила обезоружить ее своей иронией:

— Компания "Юмимото" предоставила мне безграничные возможности для проявления моих способностей. И я буду ей за это вечно благодарна. Но, увы! я не смогла оправдать эту честь и оказалась не на высоте.

Тут я умолкла, так как чуть не рассмеялась, и снова стала кусать себе щеки. Однако Фубуки восприняла мою соловьиную песнь совершенно серьезно и сказала:

— Да, это так. Как вы думаете, почему же вы оказались не на высоте?

Я не могла скрыть изумления и подняла голову, чтобы взглянуть на нее: неужели она спрашивает, почему я оказалась не на высоте юмимотовских нечистот? Неужто она и сейчас не может удержаться от своей неистребимой потребности постоянно унижать меня? И если этот так, то какова же истинная природа тех чувств, что она ко мне испытывает?

Глядя ей прямо в глаза, чтобы не пропустить ее реакции, я произнесла заведомый вздор:

— У меня не хватило для этого интеллекта.

Меня, естественно, вовсе не интересовало, какой интеллектуальный уровень требуется, по ее мнению, для мытья унитазов. Я жаждала узнать, придется ли по вкусу моей мучительнице столь решительное самоуничижение.

Ее лицо, как у всякой хорошо воспитанной японки, оставалось совершенно неподвижным и бесстрастным. Потребовался бы сверхчувствительный сейсмограф, чтобы зарегистрировать легкое сжатие челюстей, вызванное моим ответом: она торжествовала.

Но для полного счастья ей этого показалось недостаточно, и она решила продлить удовольствие:

— Я тоже так думаю. А почему у вас не хватило интеллекта?

Ответ напрашивался сам собой. И я продолжала веселиться:

— Потому что мозг у западного человека хуже развит, чем у японцев.

Мой ответ привел Фубуки в восторг. Восхищенная моей готовностью угадывать и удовлетворять все ее желания, она решила развить тему:

— Это действительно так. Но не стоит все же преувеличивать отсталость западного человека. Вам не кажется, что ваша никчемность проистекает от вашей собственной неразвитости?

— Безусловно.

— Поначалу я думала, что вы хотите саботировать деятельность компании "Юмимото". Поклянитесь, что вы не притворялись такой глупой.

— Клянусь.

— Вы сами сознаете свою неполноценность?

— Да. Компания "Юмимото" помогла мне это осознать.

Лицо моей начальницы сохраняло полную бесстрастность, но по ее голосу я догадывалась, что рот у нее пересох. Я была рада, что благодаря мне она испытывает физическое наслаждение.

— Наше предприятие оказало вам тем самым большую услугу.

— И я буду вечно признательна ему за это.

Мне тоже нравился сюрреалистический характер нашего обмена любезностями, который, как я поняла, возносил ее на седьмое небо. По сути, это был очень волнующий момент.

"Милая моя Снежная Буря, если я могу так легко доставить тебе блаженство, не стесняйся, обрушивай на меня свои колючие хлопья, свои острые, как кремни, ледышки, свои тучи, тяжелые от ярости, я согласна быть бездомной сиротой, потерявшейся в горах, на которую твои тучи изливают свою злобу, я не буду прятать лицо от шквала твоих ледяных брызг, мне это совсем не трудно, и до чего же приятно наблюдать, с каким наслаждением ты сечешь мою кожу оскорблениями, но все твои пули летят мимо цели, дорогая Снежная Буря, я не позволила завязать себе глаза и бесстрашно стою перед твоей расстрельной командой, потому что столь долго ждала минуты, когда увижу наконец удовлетворение в твоих глазах".

Думаю, она уже достигла вершины блаженства, потому что ее следующий вопрос был задан явно для проформы:

— И что же вы теперь собираетесь делать?

Я вовсе не хотела говорить ей о книгах, которые уже писала в ту пору. Поэтому ответила первое, что пришло в голову:

— Может быть, буду преподавать французский.

Моя начальница презрительно рассмеялась:

— Вы! Преподавать! Неужели вы полагаете, что способны преподавать?!

Чертова Снежная Буря, ты, видно, расстреляла все патроны и хочешь, чтобы я тебе их подбросила. Нет, я не клюну на эту наживку и не скажу, что у меня диплом преподавателя.

Я опустила голову:

— Вы правы, я еще не до конца осознала ограниченность своих возможностей.

— Да, я вижу. Но с какой же работой вы все-таки могли бы справиться?

Что ж, доведу тебя еще раз до блаженного экстаза.

Согласно древнему японскому этикету, подданные обязаны обращаться к императору, испытывая "страх и трепет". Меня всегда приводило в восторг это требование, которое с замечательной наглядностью выполняют актеры в самурайских фильмах, обращаясь к своим военачальникам дрожащим от почтения голосом.

Я решила изобразить "страх и трепет" и начала дрожать. С ужасом заглядывая в глаза молодой красавицы, я пролепетала:

— Как вы думаете, а мусор я смогу убирать?

— Да, — ответила она чересчур поспешно. И глубоко вдохнула.

Я выиграла.

После этого я должна была заявить о своем уходе господину Сайто. Он тоже назначил мне встречу в пустом кабинете, но, в отличие от Фубуки, когда я уселась перед ним, ему стало явно не по себе.

— Срок моего контракта подходит к концу. И, к моему великому сожалению, я вынуждена заявить, что отказываюсь от его продления.

Лицо господина Сайто задергалось от тика. Поскольку я не понимала, что означает эта мимика, я продолжила уже отработанный номер:

— Компания "Юмимото" предоставила мне безграничные возможности для проявления моих способностей. И я буду ей за это вечно благодарна. Увы, я не смогла оправдать оказанную мне честь.

Теперь уже задергалось не только лицо, но и все маленькое тщедушное тельце господина Сайто. Моя речь его ужасно смутила.

— Амели-сан...

Глаза его растерянно шарили по углам комнаты, словно в поисках нужного слова. Мне стало его жаль:

— Сайто-сан?

— Я... мы... я очень сожалею. Мне бы хотелось, чтобы все сложилось иначе.

Чтобы японец искренне извинялся — такое случается не чаще одного раза в сто лет. Меня потрясло, что господин Сайто решился ради меня на такое унижение. Тем более что это не по его вине меня опускали все ниже и ниже.

— Не огорчайтесь. Все сложилось как нельзя лучше. И за время работы на вашем предприятии я многому научилась.

Можно сказать, это была правда.

— У вас есть какие-то планы? — спросил он с доброй и смущенной улыбкой.

— Не беспокойтесь за меня. Мне есть чем заняться.

Бедный господин Сайто! Мне еще пришлось утешать его. Хотя в профессиональном отношении он сумел подняться на определенную ступень, он все равно оставался похожим на тысячи других японцев — рабом и одновременно не самым ретивым палачом системы, которую он, конечно же, в душе порицал, но из-за своей слабости и недостатка воображения не мог осуждать вслух.

Теперь подошла очередь господина Омоти. Я умирала от страха при одной мысли, что мне придется остаться с ним наедине в его кабинете. Но все мои страхи оказались напрасны: вице-президент пребывал в самом благодушном настроении. Увидев меня, он воскликнул:

— Амели-сан!

Он произнес это с неподражаемой интонацией, как умеют только японцы, когда признают факт существования человека, называя вслух его имя.

Рот у него был при этом чем-то забит. По звучанию его голоса я попыталась определить, что же он ест. Должно быть, он жевал что-то вязкое и тестообразное, и ему было трудно разжать зубы и пошевелить языком.

Ему мешала не карамель, прилипшая к небу. Это что-то было гораздо жирнее, чем жевательная резинка. И плотнее, чем маршмеллоу. Загадка, да и только.

Я затянула свою молитву, которую уже выучила наизусть:

— Срок моего контракта подходит к концу. И, к моему великому сожалению, я вынуждена заявить, что отказываюсь от его продления.

Лакомство, которое уплетал вице-президент, лежало у него на коленях, и мне его загораживал стол. Жирные пальцы отправили в рот новую порцию сладостной пищи, и он принялся жевать. Но я даже не успела разглядеть цвет.

Толстяк, видимо, заметил мое любопытство и выложил свое лакомство на стол, передо мной. К моему великому удивлению, это оказался светло-зеленый шоколад. Придав почтительное выражение своему взгляду и голосу, я спросила:

— Это шоколад с Марса?

Он зашелся от хохота. И, всхлипывая от смеха, стал судорожно повторять:

— Касэй-но тёкорэтто! Касэй-но тёкорэтто!

Что означало: "Шоколад с Марса! Шоколад с Марса!"

Таким странным образом этот толстяк встретил мое заявление об отставке. Его веселость, да еще при избытке холестерина, пробудила во мне тревогу. Я опасалась, как бы у него не случился сердечный приступ.

Как я объясню это руководителям компании? "Я пришла, чтобы заявить об уходе, и это убило его". Никто в компании "Юмимото" не поверит подобному объяснению: у меня была такая репутация, что известие о том, что я увольняюсь, должно было всех только радовать.

Никто также не поверит, что он умер от зеленого шоколада. От кусочка шоколада, пусть даже хлорофиллового цвета, умереть невозможно. Версия преднамеренного убийства покажется более правдоподобной. Да и отсутствие мотивов мне будет отрицать очень трудно.

Так что если господин Омоти отдаст сейчас концы, я буду выглядеть идеальной убийцей. И мне ничего не оставалось, как надеяться, что с ним этого не случится.

Я уже открыла рот, чтобы пропеть второй куплет своей песни и тем самым унять безумный приступ хохота, как вдруг толстяк произнес:

— Это белый шоколад с зеленой дыней, такой делают только на Хоккайдо. Божественный! В нем полностью сохранен вкус японской зеленой дыни. Попробуйте!

— Нет, спасибо.

Я любила японские дыни, но белый шоколад с зеленой дыней меня не соблазнял.

Не знаю почему, но мой отказ вызвал раздражение у вице-президента. Он повторил свое предложение уже в форме вежливого приказа:

— Мэсиагаттэ кудасай.

Что означало: "Отведайте, пожалуйста".

Я снова отказалась.

Он потребовал уже в другой, менее вежливой форме:

— Табэтэ.

То есть "Ешьте".

Я отказалась.

Он завопил:

— Табэро!

Что значило: "Жри!"

Я отказалась.

Теперь он уже зашелся не от смеха, а от злобы:

— Пока ваш контракт не истек, вы обязаны мне подчиняться!

— Какая вам разница, попробую я этот шоколад или нет?

— Нахалка! Вы еще осмеливаетесь задавать мне вопросы! Вы обязаны не спрашивать, а подчиняться.

—А чем я рискую, если не подчинюсь? Вы меня вышвырните за дверь? Это меня вполне устроит.

Сказав это, я тут же поняла, что несколько зарвалась. Достаточно было взглянуть на господина Омоти, чтобы понять: дружественные бельгийско-японские отношения явно находятся под угрозой.

Теперь его инфаркт был просто неминуем. И я решила пойти на примирение:

— Извините меня.

Он набрал побольше воздуха и заорал:

— Жри!

Это было наказание за мою несговорчивость. Кто бы мог подумать, что кусочек зеленого шоколада вдруг обретет значимость важной уступки в области международной политики?

Я протянула руку к плитке, думая при этом, что вот так, наверное, происходило искушение и в райском саду. Еве вовсе не хотелось пробовать яблоко, но жирный змей, движимый необъяснимым садизмом, принудил ее отведать этот плод ради собственного удовольствия.

Я отломила зеленый квадратик и положила в рот. Меня пугал сам цвет этого шоколада. Но когда я разжевала его, то вкус, к моему стыду, оказался не так уж плох.

— Восхитительно, — произнесла я через силу.

— Ха-ха! Ну что, нравится шоколад с планеты Марс?

Пузан торжествовал. Японо-бельгийские отношения снова не омрачала ни одна тучка.

Проглотив кусочек шоколада, послужившего casus belli[1], я продолжила свой номер:

— Компания "Юмимото" предоставила мне безграничные возможности для проявления моих способностей. И я буду ей за это вечно благодарна. Увы, я не смогла оправдать оказанную мне честь.

Услышав это, господин Омоти сначала опешил, так как совершенно забыл, ради чего я пришла, а затем снова расхохотался.

По наивности я надеялась, что, уничижая себя подобным образом и не высказывая ни одного упрека в адрес своих начальников ради спасения их лица, я все-таки услышу вежливое несогласие типа: "Ну что вы, вы были на высоте!"

Уже в третий раз я произносила этот вздор, но не услышала пока ни одного возражения. Фубуки даже показалось этого мало, и она постаралась внушить мне, что я

1 Повод к войне (*лат.*).

еще глупее, чем мне кажется. Господин Сайто, явно сочувствовавший моим злосчастиям, тоже не мешал мне себя хулить. Что же до вице-президента, то и он не только не прервал моего самобичевания, но пришел от него в чрезвычайно веселое настроение.

В эту минуту мне вспомнился совет Андре Моруа: "Не наговаривайте на себя: вам поверят".

Людоед достал из кармана платок, вытер слезы, вызванные безудержным хохотом, и, к моему ужасу, громко высморкался, что в Японии воспринимается как верх неприличия. Неужто я так низко пала, что при мне считают возможным очищать нос, не испытывая при этом ни малейшего стыда? После чего толстяк выдохнул:

— Амели-сан!

И все. Я поняла, что для него мое дело уже закрыто. Я встала, откланялась и поспешно вышла.

Оставалось только попрощаться с Богом.

Сообщая ему о своем уходе, я вела себя как подобает самой настоящей японке. В его присутствии я испытывала неподдельное смущение и, глядя на него с натянутой улыбкой, с трудом подавляла напавшую на меня икоту.

Принимая меня в своем огромном и великолепном кабинете, господин Ханэда был сама сердечность.

— Срок моего контракта подходит к концу. И, к моему великому сожалению, я вынуждена заявить, что отказываюсь от его продления.

— Да, конечно. Я вас понимаю.

Он был первым, кто встретил мое решение с пониманием.

— Компания "Юмимото" предоставила мне безграничные возможности, чтобы я могла проявить свои способности. И я буду ей за это вечно благодарна. Увы, я не оправдала оказанной мне чести.

Его реакция была мгновенной:

— Вы же знаете, что это не так. Ваше сотрудничество с господином Тэнси показало, что в близких вам областях вы обладаете блестящими способностями.

Ах, вот как!

После этого он со вздохом добавил:

— Знаете, вам не повезло, вы попали в неудачный момент. Я понимаю, почему вы хотите уйти, но если вы когда-нибудь надумаете вернуться, вам будут рады. Поверьте, я не единственный, кому вас будет не хватать...

Вот тут, я думаю, он несколько преувеличивал. Но я все равно была тронута. Господин Ханэда говорил так сердечно и убедительно, что я чуть не загрустила при мысли о скорой разлуке с его предприятием.

Новый год: три ритуальных дня обязательного ничегонеделания. В подобном вынужденном безделье для японцев есть нечто тягостное.

В течение трех дней и ночей им не дозволено даже подходить к плите. Питаются они только холодными блюдами, которые готовят заранее и сохраняют в роскошных лаковых шкатулках.

Помимо всех прочих праздничных яств непременно готовят и о-моти, традиционные рисовые лепешки, которые я раньше просто обожала. Но в тот год я по вполне понятным причинам не смогла проглотить ни одной такой лепешки. Стоило мне поднести кусок о-моти ко рту, как мне чудилось, что он сейчас дико завопит: "Амели-сан!" — и разразится жирным хохотом.

Перед уходом я еще на три дня вернулась в компанию. Внимание всего мира было приковано к Кувейту, и все ждали пятнадцатого января.

А мои глаза были прикованы к огромному туалетному окну, и я думала только о седьмом января, когда истекал срок моего ультиматума.

Я так ждала этого дня, что, когда он наконец наступил, с трудом поверила своему счастью. У меня было такое чувство, что я работаю в "Юмимото" уже лет десять.

Этот день я провела в туалете сорок четвертого этажа, пребывая в поистине религиозном настроении, и каждый привычный жест выполняла так, словно совершала священнодействие. Я почти сожалела, что не смогу на себе проверить справедливость известного высказывания старой кармелитки: "В Кармеле тяжело только первые тридцать лет".

Когда время приблизилось к шести вечера, я вымыла руки, чтобы попрощаться и обменяться рукопожатиями с несколькими сотрудниками, которые давали понять, что видят во мне человеческое существо. Фубуки я руки не подала. И напрасно, тем более что зла я на нее не держала: подойти к ней мне помешало самолюбие. Позже свое поведение я сочту попросту глупым: как можно было из гордости отказать себе в удовольствии лишний раз полюбоваться на такое красивое лицо? Это была явная ошибка.

В восемнадцать тридцать я последний раз вернулась в свой Кармель. В женском туалете, залитом холодным неоновым светом, было пусто. Сердце мое дрогнуло: неужели здесь протекли семь месяцев моей жизни? Нет, моего существования на Земле. Я покидала это место без сожаления. И все же горло у меня сжалось.

В последний раз я невольно шагнула к окну. Я прижалась лбом к стеклу и поняла, что́ мне еще раз хочется почувствовать на прощанье: не каждому дано вознестись над городом на сорок четыре этажа.

Окно было границей, которая отделяла ужасный неоновый свет от завораживавшей меня темноты. Границей между туалетом и бесконечностью, между гигиеной и изначальной чистотой, между сливным бачком и небом. До той поры, пока будут существовать окна, самое забитое человеческое существо в мире будет иметь свой глоток свободы.

И снова, в который раз, я бросилась в пустоту. И наблюдала, как падает мое тело.

Когда я всласть налеталась между небом и землей, я покинула здание "Юмимото".

Чтобы никогда больше сюда не возвращаться.

Несколько дней спустя я отбыла Европу.

Четырнадцатого января 1991 года я начала писать роман под названием "Гигиена убийцы".

Пятнадцатого января истекал срок ультиматума, который США предъявили Ираку.

Семнадцатого января началась война.

Восемнадцатого января на другом конце земного шара Фубуки Мори исполнилось тридцать лет.

Время, по своему обыкновению, не стояло на месте.

В 1992 году был опубликован мой первый роман.

В 1993 году я получила письмо из Токио. Вскрыв его, я прочитала:

Амели-сан!
Поздравляю.

Мори Фубуки.

Нужно ли объяснять, какое удовольствие доставило мне это письмо? Но больше всего меня порадовало, что оно было написано по-японски.

Амели Нотомб
Страх и трепет

Директор издательства С.Пархоменко

Главный редактор В.Горностаева

Редактор И.Кузнецова

Техническое редактирование и верстка Л.Синицына

Корректор Н.Усольцева

Эксклюзивный дистрибьютор книг
издательства "Иностранка" –
книготорговая компания "Либри"
тел.: (495) 951-5678; e-mail: sale@libri.ru
Генеральный директор П.Арсеньев

Изд. лиц. ИД № 02194 от 30.06.2000 "Иностранка".
Подписано в печать 12.09.2006. Формат 70х100^1/$_{32}$.
Бумага офсетная. Гарнитура "New Baskerville".
Печать офсетная. Усл. печ. л. 6,5.
Тираж 5000 экз. Заказ № 0621930.

Издательство "Иностранка"
119017, Москва, ул. Пятницкая, 41.
www.inostranka.ru
e-mail: mail@inostranka.ru

Отпечатано в полном соответствии с качеством
предоставленного электронного оригинал-макета
в ОАО «Ярославский полиграфкомбинат»
150049, Ярославль, ул. Свободы, 97

Книги издательств ИНОСТРАНКА и КоЛИБРИ

ОПТОМ:

Книготорговая компания ЛИБРИ
Тел.: (495) 951-5678
Факс.: (495) 959-5543
sale@libri.ru

А также:

СТОЛИЦА-СЕРВИС
Тел.: (495) 375-3673; 375-2433
info@stolitsa-books.ru

ЛАБИРИНТ ТРЕЙД
Тел.: (495) 780-0098; 723-7285
inc@labirint.msk.ru

ТД АМАДЕУС
Тел.: (495) 513-5777; 270-0202
info@ripol.ru

КНИЖНЫЙ КЛУБ 36,6
Тел.: (495) 540-4544
club366@aha.ru

МАСТЕР-КНИГА
Тел.: (495) 363-9111; 363-9213
mkniga@master-kniga.ru

У СЫТИНА
Тел.: (495) 156-8681; 156-8670
shop@kvest.com

ТД ФАКТОРИЯ
Тел.: (495) 795-3114; 543-9499
tdfactoria@sovintel.ru

ТОП-КНИГА
Тел.: (3833) 36-1028
zakaz@top-kniga.ru

В Санкт-Петербурге
Издательство **СИМПОЗИУМ**
Тел.: (812) 595-4442
symposium@online.ru

В Екатеринбурге
ФАКТОРИЯ-ПРЕСС
Тел.: (343) 355-9095
fk@f-press.ru

В Иркутске
ПРОДАЛИТЪ
Тел.: (3952) 241-786; 334-702
prodalit@irk.ru

В Хабаровске
МИРС
Тел.: (4212) 292-565; 292-571
postmaster@bookmirs.khv.ru

В Мурманской области
САЙДА
Тел.: (815 55) 629-66
saida_2002@com.mels.ru

В Якутске
КНИЖНЫЙ МАРКЕТ
Тел.: (4112) 428-960; 429-629
Evax@mail.sakha.ru

В Киеве
ЭЛЬГА-Н
Тел.: (380 44) 483-8313; 489-5509;
489-5510; 489-5511
valeri@elga.kiev.ua,
vadim@elga.kiev.ua

В Харькове
ХАРЬКОВ-ЛИТЕРА
Тел./факс: (380 57) 734-9905;
712-0536